失った記憶 ひかりはじめた 僕の世界

GOMA

高次脳機能障害と生きるディジュリドゥ奏者の軌跡

中央法規

はじめに

みなさまはじめまして、ＧＯＭＡと申します。

二〇一六年現在、僕は記憶の大半をパソコンや携帯の中に残された写真、メール、動画などの「外部装置」に頼りながら、絵を描いたり音楽を奏でたりして、高次脳機能障害と共に生きています。

「外部装置」に頼りつつも、僕の中からすべて記憶が消えてしまうのではないかという不安、自分が高次脳機能障害であるという記憶さえなくなってしまうのではないかという恐怖に、常に包まれています。


同じ障害を抱えている人、これからこの障害を抱えるかもしれない人に、僕に起こった現実を書き残しておかなければいけないとの思いから、この本の執筆を決意しました。

この本の中の言葉は、意識が「こちらの世界」と繋がっている間に書き留めてきたものです。脳痙攣（けいれん）で「あちらの世界」へ旅立っている間のことは、いまだに自分でもよくわからなく、信じられない出来事であるのが現実です。

執筆作業を進めていくなかで、一つひとつの記憶がそれぞれ僕の描く絵のように点で存在し、繋がっていることを認識しました。その日に読んだ日記や映像に引き出される記憶で書いてしまうからでしょうか。前後の繋がりが日増しに嚙(か)み合わなくなっていきます。改めて高次脳機能障害と生きる困難さを思い知らされています。

そんな作業をしている中、あることに気がつきました。

「外部装置」に残された僕の記憶はデータでしかない。

それらに色彩を与え、魂を吹き込んでくれるのは、その時その場所にいた仲間や友人なのだ。

障害を抱えて、はじめて自分が本当に追い求めていたものに気がつきました。

一緒に笑って泣ける仲間がほしい。みんなと同じようにはもう生きられないことは承知のうえ、けれど生きています。生きたいんです。みんなと共に。

思い出は過去を嘆(なげ)き悲しむためにあるのではなく明日を夢見るためにあることを、この本を読んでくださる皆さまと共有し、仲間として生きていけたら、これほど嬉しいことはありません。

二〇一六年七月

ＧＯＭＡ

目次

高次脳機能障害

脳梗塞（のうこうそく）やくも膜下出血（まくかしゅっけつ）などの脳血管障害や、交通事故などによる脳外傷や脳炎などによって、記憶や認知、感情、言語などをつかさどる脳の高次脳機能が、損傷したことによって起こる障害。

損傷した脳の場所によって、過去や現在の記憶を失うなどの「記憶障害」、集中力がなくなるなどの「注意障害」、計画して実行することができなくなるなどの「遂行機能障害」、怒りや悲しみなどの感情を制御できなくなるなどの「感情コントロール障害」、その他に失語や失認、失行など、さまざまな症状がでる。一見して障害とはわかりにくいため、「見えない障害」ともいわれている。その数は現在、約四十二万人と推計されている＊。

＊＝厚生労働省「平成二十三年　生活のしづらさなどに関する調査（全国在宅障害児・者等実態調査）」（二〇一三（平成二十五）年六月）

第1章　ひかりの中へ

2009.11.26 〜 2010.03.13

二〇〇九年十一月二十六日、僕は初の映像作品の大詰めと、年末のマレーシア・クアラルンプールの公演に向けての制作で、慌（あわ）ただしい時間を過ごしていた。

映像の編集をお願いしているKちゃんが待つビクタースタジオへデータを取りに行く準備をしつつ、妻と娘の三人で、「年末は、いつからクアラルンプールに入るか」「何をするか」などと話をしていた。そろそろKちゃんのところへ行く時間になって、娘も一緒にドライブに行きたいと言った。じゃあ一緒に行こうかと、玄関で靴のひもを結んでいた時、「一人で行ったほうがいいんじゃない」という声が聞こえた気がした。

一度、娘と一緒に車に乗り込んだが、どうしてもあの声が気になって、娘を車から降ろした。一緒に行くと言って泣きじゃくる四歳の娘に、バックミラー越しに「ごめん」と言いながら、僕は車を出発させた。

この決断が僕の人生を大きく変えた。

あの声はいったい何だったのだろうと考えながら、ビクタースタジオに到着した。データを無事に受け取り、少しだけ話をして、僕は帰路についた。

首都高速道路に乗り、順調に車を走らせていると、前方に渋滞が見えた。「参ったなー。晩ご飯に間に合わないかも。妻に電話しないとな…」と思いながら、僕はブレーキを踏み停車した。

その時…

僕は真っ白な世界をふわふわと上昇していた。ひたすら心地よい浮遊感。雲に乗ってどこまでも行けるような感じだった。

遠くに黒い人影を見つけ、僕はそこに近づこうと思い、雲にお願いした。しかし、なかなかそこにはたどり着けず、どうなっているんだと思い始めた時、上空にまぶしく輝くひかりを見つけた。今度はそっちに行ってみようと、空を飛んで近づいて行った。

そして、僕はそのひかりの中へ入っていった。奥へ奥へと、どんどんひかりの中へ。吸い込まれていくように、どんどん、中へ、中へ。

まぶしい！

この時から僕の第二の人生が始まった。

この日、僕は首都高速道路で、車に後方から追突され、意識を失いそのまま病院に搬送された。

2010
01.01

今日から新しい年が始まった。みんなが幸せに過ごせる一年になりますように。

保険会社の担当と妻の勧めで、日記をつけるようにする。漢字もたくさん忘れているようだ。辞書必須。

年末に家の近所で迷子になってから、外を出歩くのが少し恐い。整体に行くのに、バスと電車にはじめて乗ったが、カードシステムがよくわからない。以前は普通に乗っていたようだが、全く思い出せない。

おせち料理、おいしかった。妻の料理の腕が上がったなと実感。まぁちゃんの笑顔に毎日救われる。

これで良かったんだと思えるようになりたい。

昨年の思い出は、事故の衝撃しか思い出せず。思い出す度に、恐怖がよみがえる。事故から一か月が過ぎて、やっとテレビを見て笑える。笑うって大切だな。みんなを幸せにする。負けるな!

2010
01.03

電車の乗り方を覚えた。電子カードのシステムは便利だな。まだ外に出るのが少し恐いな。

駅で知り合いらしき人に声をかけられるが、誰かわからず、その場を立ち去ってしまった。嫌な思いをさせていないだろうか。許して下さい。

2010
01.04

T君に誘われて、I君の家で新年会。知り合いらしき人がたくさんいた。

が、話についていけない。どうしたものか。

心細くなって、その場を後にした。俺ってダメな奴だな。みんな、ごめんね。

2010
01.06

今日から病院でのリハビリが始まった。マイクロ波を浴びる。
まぁちゃんは明日で、コマなしの自転車の練習が終わる。よく頑張ったね。俺も頑張らなきゃ。

2010
01.07

M君の家におじゃました。色んな思い出話をしてくれたけれど、全く思い出せず泣いてしまった。なんて心が弱いんだ、俺は。
M君、優しい人。**泣いてごめんなさい。**

2010
01.08

今日からジムでトレーニング開始。いつなにが起こっても、家族は守れるように身体は整えておきたい。
思うように身体が動かない。悔(くや)しい。

2010
01.10

今日は、Kちゃんと S、子ども達が家に来てくれた。事故前に作業していたDVDに英訳をつける。
事故後、初の顔合わせ。思考力がいまいち。二人に頼りっぱなし。頭が言うことを聞いてくれない。**いったい俺の頭はどうなっているんだ。**わからないことだらけだ。たまに身体の左側が痛くなるのはなんでだ。わからない。わからない。

2010
01.11

今日は痛みが激しい。寒さに比例か。つらい顔は見せないように。

妻も保険のことで対応に追われている。俺が思い出せないから、妻にも負担がかかる。


記憶よ、早く戻れ。

焦りばかりが募(つの)る。本当ごめんね。

2010
01.12

雨。低気圧の影響か、身体がきしむ。

事故後、歯ぎしりをすごくしているようだ。歯医者へ。マウスピースを作ってもらうために。

雨の中、リハビリ。気分が重い。笑顔は忘れずに。

2010
01.13

まぁちゃんの幼稚園がはじまったので、一人の時間ができた。

一人になると色々と考えてしまうので、絵を描く。

少しでも無に近くなれると、余計なことを考えずに済む。絵って素晴らしいな。

事故に遭(あ)ってから、絵を描きだした。前から描いていたと思っていたけれど、以前は一枚も描いたことがなかったらしい。不思議。

2010
01.14

J医大病院へ。

解離性健忘症(かいりせいけんぼうしょう)と言われる。

強いショックの後になるらしい。殺人を見た時とからしいけれど、俺は事故。全く覚えていないというか、思い出せない。俺の頭はどうなってんだ。温泉に行って身体を労わる。わかっていることは、何かをするために、またこの世界にこの身体で戻ってきたこと。何をすればいいのか？

妻の前で初めて泣いてしまった。

2010
01.15

今日は朝からずっと頭がボーっとしている。
いつものようにリハビリ。
ネルソン・マンデラさんの記事を見つけた。二十七年間の投獄の後に言った言葉。

「過去と憎悪からは何も生まれない」

心に響いた。相手を憎んでもしょうがないんだ。事故なんて起こしたくて起こしている人はいないよね。悔しいけれど、相手のことを考えるのは止めようと思う。前に進め！

純恵の日記

2010
01.15

パパは自室で、「なんでコンピューターやスピーカーがここにあるのかわからない」と言い出した。
それから、「昔の写真やビデオをみても、なんでみんなが笑っているのかわからない、自分も笑っているがどうしてなのかわからない。寂しいし苦しい。なんでこの家に住んでいるのか、なぜ東京にいるのか。自分が作曲したはずのCDを聴いてもどのようにして作曲したのか。どのようなイメージなのかすべてわからない」「そもそも自分は誰なのか？　なぜ生きているのか？　とにかく毎日が苦しい。逃げ出せるものなら逃げ出したい」と言って、パパは大泣きをした。

2010 01.16

今日は何もする気が起きない。リハビリ。顎(あご)が痛い。寝ている時に、噛(か)みしめているみたいだ。最近よく眠れないのはそのせいかなー。

2010 01.17

近所の温泉へ。温泉に入ると、身体が少し楽になる気がする。いいみたい。明日からまた病院通いだ。考えると気分が重い。

2010 01.19

首が重い。日に日に首が変な感じ。誰を責めることもできず。ただいつか来るであろう報いの日を待つのみ。

2010 01.20

今日は初めて友人に会いに行った。中目黒へ。同級生の頑張っている姿に励まされる。色んなことが変わっても、変わらないこともある。今は耐える時だ。森部、ありがとう。

2010 01.21

三十七歳の誕生日。この日を境に新たな気持ちで前へ進みたい。今日を生まれ変わった一歳にしよう。忘れたことは、また一からやり直そう。仕方がないよね。しかし、何から手をつければいいのかわからない！　誰か教えてくれ。純恵ちゃん、まぁちゃん、誕生日ケーキありがとう。

2010 01.22

母親から誕生日おめでとうのメールが届いていた。親には、この現状をいまだに伝えることができていない。

ただ悲しませたくないから。

復帰する時か、リハビリを諦(あきら)めた時か、人生を投げ出した時に、伝えようと思う。言えなくてごめんね。

神さま、どうか僕を許して下さい。

なぜ、僕はこんなことになっているのでしょうか。誰か教えて下さい。

2010 01.24

清宮君が来てくれた。映像作品の仕事を一緒にするかもしれないとのこと。事故前に話していたようだ。全く思い出せず。

思い出そうとすると、最近気分が悪くなる。気持ちばかりが焦(あせ)る。どうしたらいいんだろう。

無になれる一時が、今は大切に思う。

2010 01.27

近くの温泉へ行くことに。温泉は効果があります。

しかし、そうそう温泉ばかり行っていられない。

保険でも認められないから実費になるし。今は仕事もできないから、節約も考えながらの治療だ。

この先どうやって、家族を養っていけばいいのか。

今はまだ闇のなかだ。考えると必ず暗い方向にいって、苦しんで眠れなくなる。

俺はどうすればいいんだ。

2010
01.29

朝一番で、Hクリニックへ。Iドクターという名医に診ていただけることに。たまたま妻が新聞で記事を見つけて、今日に至る。

高次脳機能障害と診断される。

二時間近い診察。正直疲れたけれど、ドクターも同じくらい疲れているよね。はじめてちゃんと診断された感じ。気が狂ってしまったのかと思ったりもしたけれど、君は正常だと言ってもらえて救われた。

一回目と二回目の事故は繋がっていると思うとのこと。気を持ち直して頑張ろう。

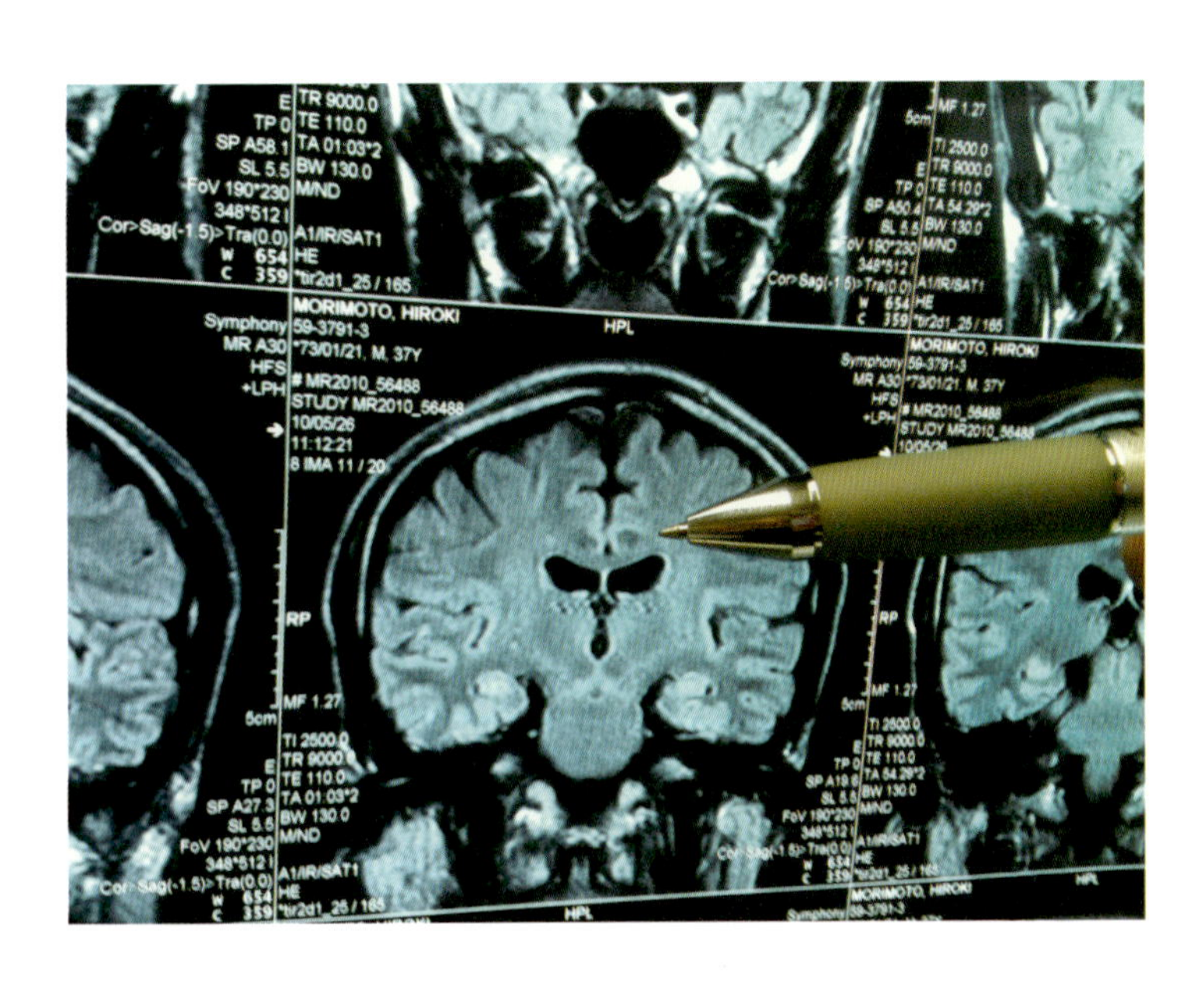

純恵の日記

2010
01.29

Hクリニック初受診。二時間にわたる診察。

左側の筋力低下などが指摘され、精密検査を受けるように指示される。

パパが色々思い出せないと訴えると、Iドクターから「脳に微細な傷ができているためかもしれない」と伝えられた。

それから「僕は気が狂ってこうなったのではないのか?」と質問した。以前受診したJ医大病院脳神経外科のNドクターから伝えられた言葉に傷つき苦しんでいたことを、その場ではじめて吐露(とろ)した。私もその場に同席していたが、強い言葉にショックを受けたのを覚えている。

私は「主人が自分の部屋にある、音楽機材を見て使い方がわからないし、いつ買ったかも覚えていない。これを使えなければ仕事ができない。リハビリなどないのか?」と尋ねると、Nドクターは「画像を見る限りここでできることはない。画像上、器質的な問題は認められない。頭を打って十年分の記憶がなくなるとか、健忘とか聞いたこともないし、ありえない」「コンピューターの使い方がわからない? そういったことは病院ではわからない。じゃあ精神科にでも行ってみますか?」と。

パパはこれらの言葉で、自分が交通事故に遭(あ)い気が狂ったと思っていたのだ。道をただ歩いていても「頭のおかしい人」と思われていないかと不安だったらしい。

精神科を受診し「異常はない」と言われると思っていたのに次の予約を取るように言われ、やっぱり気が狂ってしまったとパパは落胆していた。安定剤という言葉もショックだった。

2010 01.30

一回目の事故のEクリニックを訪れる。どういった症状があったのかを確かめに。全く思い出せない。

Eクリニック、今日のドクターも熱い感じでいい人だった。元気をもらえる。俺も元気や勇気を与えられる人になりたい。

左半身の麻痺（まひ）は、一回目の事故からやはり症状があったみたいだ。それが、二回目の事故で、広がったんじゃないかとの推測。

なんで、二回も連続で事故に遭（あ）ったんだろう？

ついていないなー。

今さら考えても仕方ないけどね。

連日の病院疲れで、昼からずっと寝ていた。

2010 02.02

K大学病院に精密検査へ。一日中、検査ずくめ。

高次脳機能検査、リハビリ、眼科。

これからしばらく通わないとならないことに。家から遠いから、ちょっと気が重い。

けれど、仕方ないか。ここの踏ん張りが、後の人生に大きくかかわってくるはずだ。負けないぞ！

もうこれ以上のどん底は、ないでしょ。ここを乗り越えたら、なんでも越えられると思う。

頑張れー！

2010 02.03

今日も精密検査が続いた。気が重い。

記憶の検査と嚥下造影（えんげぞうえい）検査、耳のバランスの検査でひっかかる。再検査。

どうなっちまったんだろう。なんでこんな目に合わないといけないんだろう。

これも必然ですか？
これを乗り越えれば、
本当にいいことが待っていますか？

誰か教えて下さい。

2010 02.04

J医大病院精神神経科。

PTSD*の影響もあるかもと言われる。

ここ数日検査ばかり。不安ばかりが引っかかる。

どうしたらいいんだろう。気が狂ったのか、そうじゃないのか？　自分ではわからなくなってきた。

しかしながら、前に進むしかない。家族のためにも前進あるのみ。

しかし、前に進もうと思えば思うほど事故への憎(にく)しみは、増えていくばかりだ。悪循環にはまっていないだろうか？

あまり考え過ぎないようにしよう。

＊＝心的外傷後ストレス障害（post traumatic stress disorder; PTSD）

2010 02.05

まぁちゃん五歳の誕生日。気がつけば、五歳。

育ってきた過程を思い出せないのが、少し寂(さみ)しい。

これからいい思い出を一緒にたくさん作ろうね。

パパのオー（ディジュリドゥ）がまた見たい。そう言った娘の顔が、大人びて見えた。必ず復帰するよ。リハビリ、頑張るよ。


最近、少し弱気になっていたな。

ごめんね。

2010
02.08

リハビリ。今日も寒さは変わらず。

いまだに思いだせぬことがたくさん。この世界には、理解できないことがたくさんある。

失ったモノも大きいが、それ以上に俺にはたくさんの仲間がいることを教わった。

家族、友人、ファンの人達から日々届くメッセージ。

みんなの力で、
俺は生き返らされたんだと思う。

復帰して、みんなの役に立てるような人間になりたい。

2010
02.10

リハビリ。

N君が娘ちゃんと久々に散髪に来てくれた。イギリス・ロンドンで知り合って以来、よく髪を切ってもらっていた。

ロンドン時代の昔話をする。同じ時間を共有できたことと、記憶が残っていること、本当に財産だと思う。有難い。

僕はどこへ向かおうとしているのか?

存在の意味、目的はなんだ?

この未来への探求心が、人間を動かしているのかな?

もし答えがみつかったなら、
僕は諦めてしまうのだろうか?

それとも
すべてを超越できるのだろうか?

2010
02.12

リハビリ。麻痺(まひ)している左半身の強化。右に比べると疲れやすい。というか、すぐに疲労する。

しかし、これを乗り越えないと復帰できないでしょ。やりますよ、俺は。

2010
02.14

大阪の先輩・Y君が見舞いに来てくれた。口下手で、言葉にはしないけれど、励ましに来てくれたのが伝わってきた。

前に進むしかないねんなー。

「今を全力で生きること」

記憶力の衰(おとろ)えた俺には、もう選択の余地はない。

身体が覚えるまで徹底的にやってやる。

2010
02.15

朝から温泉、そしてリハビリ。

気分が重い。雨。

娘と一緒に絵を描く。

この深い霧(きり)はいつ明けるのか?

俺は何者だ?

これくらいどうってことないと思えばそんな気がしてくるし、深いと思えば底なしのようにも思えてくる。

まさに、紙一重。

善きも悪しきも、紙一重。

心の持ちようで、毎日を変えていこうと思う。

2010
02.16

苦しい。

頭がボーッとしてる。

未だに色んな事が、思い出せずにいる。

どこに置き忘れて来たのでしょうか？

考える度に、気分が悪くなる。

家族への負担も、日に日に

大きくなる。

俺の存在価値は？

何の為に毎日こんなに苦しんでるんだ

ろうか？

わからなくなってきた。

何の為に又この世界にもどって

来たのですか？

過去を失った僕には、何が
何だかわかりません。
37才の肉体に、生まれ変わった
魂はちゃんと答える事ができている
のでしょうか？

2010
02.17

リハビリ。

鏡で、自分の顔を見て、表情が沈みきってい

のに おどろく。

これじゃダメだ。

暗い方向に引き寄せられてる。

今仵度。笑顔を忘れずに。

そして絶対 復帰する事。

それこそが、最高の

家族孝行、親孝行 だと思う。

今まで、ロクな事 してこなかっただろうから

一回死んだと思ってやり抜こう。

そう思ったら少し元気が出た。

命がけで この状況から はい上がってやる。

ラッキーで、2回目の人生を又この体の

ぬいぐるみで歩み出したと思えてきたら

ガッツが出てきたよ。

幼少期から学生時代

一九七三年一月二十一日、僕は和歌山県海南市で生まれ、漆に携わっていた父と専業主婦の母、三歳下でしっかり者の弟との四人家族で、大阪府泉南市で育ちました。

幼稚園の時は探検が好きで、よく水路に潜り込んだり、知らない道があるとどこにつながるのか知りたくなって進んでいったりしていました。この頃から、旅好きの性格が顕在していたような気がしています。年末に祖父母の家で、みんなで餅つきをするのが大好きだったのを覚えています。

小学生の時に友達におだてられて生徒会長を務めたこともありましたが、少年野球チームに入り「ゲームより外遊び」の毎日でした。その頃も相変わらず探検が好きで、友達と自転車で色んな場所に出かけていました。

中学生になって柔道を始めてから格闘技を好きになったり、海が近かったのでサーフィンを始めたりしていました。そしてテレビでタレントの風

見しんごさんの「涙のtake a chance」を観たことをきっかけに、ブレイクダンスを始めました。高校生の時に「ダンス甲子園」という番組をきっかけにダンスブームが到来し、ダンスチームを結成していた僕たちはショーに呼ばれるようになりました。ダンス修行ではじめて東京に行き、最先端のファッションやカルチャーに面食らい、自分がいかに田舎者かを思い知らされたこともありました。

大学に入ってから自分でダンスのイベント企画をするようになりました。それからDJを始めて、ターンテーブルを購入。ヒップホップ以外の音楽にも興味を持ち始め、レコード屋巡り（めぐ）の日々が始まりました。レコード代がほしくて、大阪アメリカ村の服屋でアルバイトをしていたこともありました。

その頃、純恵ちゃんが友達から彼女に。とても不思議なファッションで一緒に成人式パーティーに行った写真が残っています。

ディジュリドゥとの出合い

ヒップホップダンサーとして夜のクラブやライブハウスで活動をしていた二十

一歳のある日、友人に誘われて足を運んだダンスのワークショップで、ディジュリドゥに出合いました。

グゥオー。心と身体を震わす重低音がそこには響き渡っていました。

ディジュリドゥは特有の呼吸法でなければ吹くことすら難しいといわれていますが、その時の僕は、音を出し続けるイメージで吹いていたら自然と音を出すことができていた。それからディジュリドゥの魅力に引き込まれていきました。当時を振り返った雑誌のインタビューで僕は、「ディジュリドゥの音は、言葉や音楽が生まれる以前の純粋な音、まさに呼吸そのものの音。振動が身体で感じられ、吹いているとひたすら気持ちがよかった。独学で朝から晩までとにかく吹いていた」と語っています。

大学卒業後すぐに大阪市西区南堀江でStruttinというアパレルとディジュリドゥ販売というお店を始めましたが、組み合わせが奇抜過ぎて三年で閉店。そのようなこともありましたが、ディジュリドゥと出合ってから四年もの間、さまざまな挑戦をして情熱を注ぎ続けていました。

ディジュリドゥは、オーストラリアの先住民族アボリジニが数千年以上前（諸説あり）に、白蟻（しろあり）が木の中を喰（く）い尽くして空洞になったユーカリの木から作ったものが起源とされていて、世界最古の管楽器といわれています。この世界最古の管楽器をどう現代にとり入れたらいいのか、その答えを探しに、一九九七年の二十四歳の時、ディジュリドゥの本場であるオーストラリアへ旅立ちました。

アボリジニの聖地オーストラリアへ

最初に辿り着いたオーストラリア・ダーウィンでは、ディジュリドゥショップで働きながらストリートで演奏してお金を稼ぐ「バスキング」というスタイルで活動を始めました。ネイティブであるアボリジニが、先生であり友達でもありました。最初は英語を話せなかったので、ディジュリドゥを駆使して彼らのコミュニティに入っていき、一緒に吹いて教えてもらいながら自分のなかに吸収していきました。

その後、アーネムランドに渡りましたが、当時はロン毛にヒゲ、そして裸で、とてもワイルド。何かに導かれていくようでした。

アボリジニにとってディジュリドゥは生活の一部。儀式や祭事の時、唄の伴奏楽器として使われる儀礼的なものでもあります。そのことを肌で感じた当時の僕は、「日本人である僕がむやみやたらに吹いてはいけない」と距離をおいた時期がありましたが、彼らから「日本人として吹けばいい」と声を掛けてもらったことですべてが吹き飛び、再びディジュリドゥを手にしたようです。

そして一九九八年にアーネムランドで開催されたバルンガディジュリドゥコンペティションに出場し、準優勝。ノンアボリジニ奏者としては初の受賞を遂げ、アボリジナルカルチャーの歴史に名を刻みました。

その年、はじめてアルバムをリリースし、本格的に活動をスタートさせていきました。

アーティストネームはＧＯＭＡ。その由来は、学生時代、漫画『少年アシベ』にでてくるゴマフアザラシのゴマちゃんに、似ていたことからでした。

イギリス・ロンドンへ

一九九九年、さらなる可能性を求めてイギリス・ロンドンに渡りました。ロンドンでは、結婚後すぐに一人でオーストラリアに旅立った僕を支えてくれた純恵ちゃんと合流して、一緒に過ごしていました。当時の写真をみると、アフロヘヤーにポリ塩化ビニル（ＰＶＣ）のディジュリドゥ、そしてストライプの旗を背後に掲げ、たくさんの機材を使いこなしていたように思います。けれど、「何をしているか？」「どこにいるか？」など当時のことは思い出すことができません。

二〇〇二年、四年間の世界放浪から帰国し「ＪＵＮＧＬＥ ＭＵＳＩＣ」を設立。アボリジニの文化から得てきたものと、自分が育ってきた日本人としての感性をMixして、ディジュリドゥの音だけで制作したアルバムをリリースしました。

GOMA & The Jungle Rhythm Section結成

椎野恭一さんと僕の二人で奏でたスタジオセッションをきっかけに、二〇〇四年にGOMA & The Jungle Rhythm Sectionを結成しました。メンバーは、椎野恭一（ドラムス：写真左）、田鹿健太（パーカッション：写真右から二人目）、辻コースケ（パーカッション：写真右）。

ディジュリドゥが横の線だとしたら、ビートは縦の線。線と点で音が絡み合い、一つに高揚していく感じが心地良かったことを覚えています。

それからアルバムの制作をしながらライブを重ね、全国を飛び回っていました。

そうして僕の活動はさらに広がって

いきました。当時の写真を見ても、その時のことを思い出せませんが、毎年のようにアルバムをリリースし、ツアーで全国を駆けめぐり、ソロやセッション、バンドなど様々なことにチャレンジしていたようです。忙しい日々が続いていましたが、二〇〇五年に生まれた娘・真陽路（まひろ）（まぁちゃん）の成長が僕を支えてくれていました。

充実した日々を過ごしていた矢先、二〇〇八年十二月五日、知人が運転する車の助手席に乗っていたところ、後ろから追突されるという交通事故に遭（あ）いました。当時のことは全く覚えていませんが、純恵ちゃんの話によると、大事にはいたらなかったが肩甲骨（けんこうこつ）の内側に違和感を覚えていて、その違和感はライブ後に増し、左手や左足の力が入りにくくなっていった。けれど肩甲骨や頸部（けいぶ）に痛みはあったものの、どれだけ身体がつらくても仕事には穴を空けずに行っていたようです。

そして、二〇〇九年の二回目の交通事故に遭う直前に、GOMA & The Jungle Rhythm Sectionでオーストラリアツアーを行いました。オーストラリア最東端バイロンベイで撮影し、青空と流木のスタンドが印象的でした。

当時の僕は全国を飛び回り、心からディジュリドゥを吹くことができていたようでした。すべてが順調であったかのように。

青いひかり

2010 02.19

K大学病院での検査ラッシュ。視野検査、左目がよくない感じで言われる。見えている場所が、どうやら狭い？ ようだ。左側ばっかりどうなってんだいったい？ 神経の流れの検査は、激痛。左足は全く力がはいらねー。針をさされるとは思っていなかったですよー。

記憶の検査はまたひっかかった。前頭葉の細胞がやられているのかもという話。

なんだかよくわからないけれど、俺には頑張ることしかできない。それ以外の道は、もう見えない。

俺には、守らなければならない家族がいますから。

2010 02.20

Eクリニックで一回目の事故の後遺症を聞く。左の麻痺（まひ）は、一回目の事故からの引き続きで、ひどくなったのかもしれない。

いずれにせよ、そんなことはどうでもよくなってきた。俺は復帰に向けて、今ある症状を克服していくのみ。

絶対やりますから。

俺、できますよね？ 神さま。

神さま、バックアップ宜しくお願いします。

Speaking to the soul.

2010 02.23

K大学病院にて精密検査。頭痛がひどくなり、病院から帰ってきたら倒れるように寝込む。

2010 02.24

今日も精密検査。めまいと聴力をテスト。

耳は特に問題なさそうだ。良かったー。

やはり問題は記憶障害だ。


記憶がどんどん消えていく。


今を精一杯、悔いのないように生きること。全力でリハビリに挑んでいきたいと思う。

左足が思うように動かなくなってきている。なぜ？

以前のような活動をするのは、難しいかもみたいなことを言われた時は、一瞬目の前が真っ暗になって泣いてしまった。

けれど、俺は諦めませんから。その一%の可能性にかけて、絶対、不可能を可能に変えていきますから。

Trust You!

2010 02.25

富士山を一緒に登ったカメラマンのFが来てくれた。大丈夫だよと言われて安心した。まだ心の中に、記憶が消えたなんて、俺は気が狂ったんじゃないのか？　いったいどうなってんだって考えている自分がいる。だから、人から言われると、余計に安心するのかも。人と話をするって大切だな。

久しぶりに家族以外と話して実感。

どんどん心を開いて、受け入れよう。


事故さえも必然だったと受けいれてみよう。じゃぁ何かが動きだすかも。

2010 02.26

リハビリで朝一、K大学病院へ。

電車が朝の通勤ラッシュと重なった。階段で「早く歩けよ」と言われ突き倒される。

本当にショックだった。見た目には何の変化もないし、すごい人ごみのなか、誰も助けてくれる人はなし。心ない人もいるもんですね。

外見からはわからない症状を抱えている人のために、初心者マークのようなステッカーができればいいのにね。最初は、思うように動かない左足を憎（にく）んだけれど、僕を押した人も心の病気なのかもしれませんね。


今日また絶対に克服してやると決意。

2010 02.27

KちゃんとSが来てくれた。事故前に作っていた映像作品に字幕を入れていただいた。

事故前によくこれを完成間近まで仕上げていたもんだと感心。これを見ると、過去に自分がどういう生き方をしてきたかが感じられる。同じ思いでまた生きられるかどうかはわかりませんが、その意志はちゃんと引き継いで、よりよい世界を以前の自分に恥じない生き方で歩んでいきたいと思う。

絶対、この山、越えてみせますから。見ていて下さい。**以前の俺へ。最高だったよ！**

2010 03.01

左足を打撲（だぼく）。

思っているよりも、動いていないのがわかってきた。筋力をアップして、徹底的にリハビリで乗り越えるしかないようだ。

事故から三か月が過ぎて色々なことが見えてきました。現実を受け入れること。

つらい事実ばかりが突きつけられるけれど、弱点がはっきりしてきただけでも感謝。

2010
03.02

昨日の打撲でリハビリメニューをこなせず。強くぶつけたみたいで、歩くとジンジン痛みがくる。

ひたすら絵を描く。無になるために。

社会からの隔離。もう諦めもついてきました。心も受け入れる準備が整ってきました。

ゼロからの再出発。俺の頭の中にある景色や情報は、いつのものかさっぱりわからない。色んなことが急に色褪せていたり、進化していたり。

この三か月、戸惑い、苦しみ、いっぱい泣きました。

けれど、もう大丈夫。すべてを解放して受け入れていこうと思います。

2010
03.03

ひなまつり。大阪時代からの友人でアートを専門にPRしている平さんが来てくれた。恐怖と不安を消しさるために描き続けている絵の個展をやろうと、みんなが動いてくれている。やることで、みんなの中の僕の記憶が少しでも蘇(よみがえ)ってくれたら嬉しく思う。
なんで僕は急に絵を描きだしたんだろう？描くことによって随分救われているのは事実。だけれど、なんでかは全くわからない。事故前は全然描いたことがなかったみたいだし。

意識が戻って家に帰ってきた時、自分は画家だと思っていたみたい。笑ける！

2010
03.08

Kクリニックにて再度、聴力、嗅(きゅう)覚、味覚の精密検査。
嗅覚、味覚ともに検査結果が良くないとのこと。頭パニック。
外傷性脳損傷は間違いないでしょうねとのこと。しかし、びまん性軸索(じくさく)損傷はなかなか治せないらしい。

目の前、真っ暗闇。

娘がなぐさめてくれた。本当に生まれてきてくれてありがとうね。
覚悟を決めて歩んでいきたいと思う。悲しませてごめんね。

2010 03.10

東京地方検察庁に、交通事故の実況見分調書を取りに行くが、何を書いているのか特殊用語ばかりでわからなかった。

久しぶりの晴れ。日比谷公園で夕食。和みました。

2010 03.11

K大学病院で精密検査の続き。

保険会社の担当者が来て、検査を今週で終わらせないといけないとH先生から言われる。そんな訳で、今日の検査は慌ただしい感じがした。

保険会社からなんでそんなプレッシャーを？

僕は何か悪いことをしたのでしょうか？

そんな気にさせられた。

2010 03.12

今日もK大学病院にて検査の続き。長い検査が今日で一段落した。

高次脳機能障害。

前頭葉、特に記憶をつかさどる部分に問題がありそうだとのこと。

わかってはいたけれど、ドクターからはっきり言われるとやっぱりショックだった。

これからはどう克服していくかを考えていきましょうとのこと。

どうやって家族を養っていけばいいのだろうか？

具体的なリハビリ案が今はある訳でもなく、不安は募（つの）る。

夕方からバンドのメンバー・椎野さんとケンタ君が会いに来てくれた。一緒に居て、気分が落ち着く。長い時間を一緒に過ごした、かけがえのない人達なんだと感じた。早く復帰して一緒にまたステージに立ちたいという気持ちが強くなった。日々押し寄せる陰と陽の波。ふっと気を緩(ゆる)めると、陰の波にのみこまれる。今はまだしっかり気を張って、前へ意識を向けること。

自分の記憶に残らないのなら、みんなの記憶に残る生き方をしよう。

精一杯、今を楽しむ。
いい時間を、いい仲間と過ごすこと。

これが、僕の未来だ。

2010 03.13

朝起きたら、まず読むこの日記。だいぶ習慣づいてきた。書くのは夜、寝る前。眠ると、色々なことが記憶から消えてしまうので、朝にこれを読んで確認する。
早いもので、すでに事故から一〇〇日が経過。あっという間だった気がする。
僕の人生において、これは避けては通れない出来事だったんだと思うように。理由をいくら考えても前には進まない。ただ、時だけは平等に、誰も待たずに歩み続ける。

心を開いて受け入れること。
すべてに感謝すること。
そして、今日も笑顔を忘れないこと。

どうせ、この世にあるモノすべて、いつかは忘れ去られていく。だから今日も前に進め。

第2章　僕はどこへいくの

2010.03.17 ～ 2010.12.30

2010
03.17

K大学病院にて、診察。さらに一つ検査を追加するとのこと。

脳血流の検査。検査の結果が、あまり良くないもよう。もう流れに身をまかせるしかないな。

2010
03.20

一回目の事故で通っていたEクリニックへ後遺症診断の説明を聞きに行く。

妻の話では、どんだけ身体がつらくても仕事には穴を空けず行っていたらしい。説明を聞きながら、どこか他人事のように聞いている自分がいた。思い出せないいから仕方ないいか。もう過ぎたことだしね。先へ進もう。

2010
03.21

今日は英会話のレッスン。ドクターから英語をもう一回レッスンし直すのは、リハビリにもいいと思いますよと言われ、お願いした。

色んなことを忘れているのに、英語はある程度覚えている。不思議。

右脳で覚えている人と左脳で覚えている人がいるらしい。僕はストリートで実践から覚えていったので、右脳派らしい。右脳派は感覚的に覚えている人らしいです。

代々木公園を家族で散歩。気持ちよかった。咲きはじめの梅がきれいだったよ。

2010
03.24

今日は保険会社の担当者が見舞いに来てくれた。はじめての面会。いい人そうな感じ。これから色々やりとりがあるだろうけれど、やはり顔がわかっているのとそうでないとでは、気持ちが違うので会えてよかったと思う。

面会後、個展の会場候補へ下見に。いい雰囲気のギャラリーだった。僕としては、何の問題もないと伝える。

平さん、S君、今日はありがとう。

2010
03.26

久しぶりにIドクターを訪れる。精密検査の結果を聞かされた。

まだ途中段階だけれど、高次脳機能障害は間違いないとのこと。リハビリに高次脳機能障害の専門医を紹介するという話に。頑張らないとね。

iPhoneを購入。ドクターからGPS機能をうまく利用すると、迷子になった時も安心だとの話。早く使いこなせるように頑張るぞ！

2010
03.30

今日はバンドの事務所の小川さんとソネッチが来てくれた。

本当に心配かけてすみません。

症状のことを一通り話す。

いつになるかわかりませんが、必ずステージに戻りたいと思っています。

楽しみに待っていて下さい。

心は折れないように。頑張れ！

2010
03.30

マネージャーの小川さん、ソネッチが、お見舞いに来てくれた。

パパはまたもや高次脳機能障害の話をするが、今日も間違えている。パパは「遂行機能障害」の説明ができないので、私が答える。もう十回以上説明したと思う。

小川さんは「昨年のツアーで、GOMAさんが『演奏を身体で覚えた。何も考えないでもできる』とおっしゃっていたので、きっとリハーサルを重ねればライブできますよ。頑張りましょう」と話してくれた。

それから、パパは絵を描くのは恐怖心から逃げるためだと言い、「自分の心に隙間ができるとすぐに恐怖になる。寝れない。身体を動かして筋肉痛になると、前日のことを忘れていても、筋肉痛がきっかけで今日も生きているんだと実感する。同じように、絵も描いた物が残っていれば、今日も生きていると嬉しくなる。絵は前の日に何をしていたか（何を描いていたか）を記す大きな計りになる。自分を救ってくれる」と話していた。

深い！

しかし、パパは今日も風呂を沸（わ）かしたまま忘れていた。今日で一か月ほぼ完璧に沸かしたまま忘れてしまい、ガスが勝手に止まっている。毎日軽く注意していて、昨日はわりと強めに注意したので今日は大丈夫だと思ったんだけど…。

やっぱり二つのことが同時にできない。何かを頼んでもすぐ忘れるのも、高次脳機能障害が原因なのか？

2010 04.01

J医大病院精神神経科へ。

外傷性脳損傷と解離性健忘が併発している可能性が高いとのこと。

いまだに思い出せないことがたくさんある。何を忘れて、何を覚えているのかが定かではない。脳から記憶が消えると、そこにもともとデータがなかったものとして生活するので、なかなか本人では気がつけない。俺も自分でそのことを受け入れるのに時間がかかったしね。

もし結婚していなくて家族で住んでいなかったとしたら、いまだに気がつかず社会へ戻りミスばかりして、気が狂ったように思われていたのかもしれないと思うと、ぞっとする。

過去のことは、失くしてしまったと割り切ったらいいのかもしれない。失くしたことは悲しいが、未来へ向かって歩んで行く分には、なんとかなりそうな気がしないでもない。

しかしながら、今の課題は、寝て朝起きると昨日や一昨日の記憶もあまり頭に残っていないことだ。

だからこうしてノートに毎日メモを書く。最初は書いたことすら忘れていたが、習慣で身体が覚えてきた。

必ず潰れた脳細胞を、その周りの脳細胞がカバーしだすから、前へ進めとリハビリの先生が言ってくれた。


希望を絶対に捨てないこと。

絶対に諦めるな。お前なら必ずできるよ。

2010 04.02

いつものようにリハビリ、歯医者。

歯医者で事故の話に。先生に状況を話してみた。

すると、先生も交通事故でご主人とお母さんを亡くされた経験を語ってくれた。つらい過去を思い出させてしまってごめんなさい。しかし、人には色々というか、それぞれの人生があるんだなーと痛感。事故で亡くなる人もたくさんいる。

しかし、僕は今生きている。

追突してきた車が、もしトラックだったら僕はこの世にいなかったかもしれない。僕にはまだやらなきゃいけないことがありそうだ。だから僕は助けられたんだ。そう信じて明日へ繋ごう。

2010 04.05

K大学病院にて、脳血流の検査。SPECT（スペクト）という装置で細かく脳の画像が見られるとのこと。放射なんとかという液*を注射して、十分後くらいに装置に入る。事故以来、検査でいったい何本の注射を打たれたかな？　もう正直うんざりだ。なんでこんな目に遭（あ）わなきゃいけないんだ。

すべてを放棄すると
楽になれるのだろうか？
自由になれるのだろうか？

こんな身体じゃ、もう自由にはなれないのか？　もっと自由になりたいと不平不満をぶちまけていた二十代の俺は、今から思うとなんて自由だったのかと思う。自分がこういう身体になって、障害を抱え、はじめて自由とは何かを思い知らされている。何不自由なく、五体満足で生まれ育った僕は、今から思えば本当に自由だった。今、再び親に感謝する。そして、事故から生還できた自分は、生かされた理由を今日も考えている。

自由、それは心の世界の総称で、
目には見えない意識だ。

*＝放射性同位元素を含む薬剤

2010
04.13

今日は暖かい。暖かい日は、気分的にも身体的にも楽だ。テンションが上がります。

リハビリ。いつもの何一つ変化のない一日。絵を描いて、気分を落ち着かせて倒れるまで描く。

明日は寒いらしい。心して挑むべし。一つ一つの積み重ねが、復帰へと繋がっていく。焦らず、着実に一歩ずつ。必ず前へ。前進あるのみ。

2010
04.14

脳血流検査の結果を聞きにK大学病院へ。

結果は血流異常とのこと。

MRI画像ではわからない異常がSPECT画像ではわかるようだ。

もうあまり驚きはない。やはり僕の脳内で何かが起こっているみたいだ。

すごく冷静な自分がいる。

ドクターの言うことに、うなずくだけの無気力な自分。どんな話だったか、もう覚えていない。

ちょっと疲れぎみかな。

ただ事実を受け入れるのみ。

明日は必ずくる。

2010
04.22

今日は描いた絵の撮影をする予定だったが、天候が良くなくて延期。

気がつけば、かなりの枚数になっている。涙の結晶の絵達。ちゃんと写真に撮って、記憶に残る物にしたいと思う。

なんで絵を描きだしたのか、いまだにわからないが本当に描くことによって救われている。感謝。

2010
05.04

Sと一緒に、パット・マルティーノのドキュメンタリーフィルムを観る。パットも脳損傷から復帰して、現在も一線で活躍し続けるギタリストだ。十年かけて復帰したとのこと。

友人のTが送ってくれたフィルム。世界には、色んな人がいるもんだ。こういうドキュメンタリーフィルムはもっと世の中に出回ってほしい。同じ病で倒れている人に必ず勇気を与えるはずだから。

僕は勇気をもらいました。

もし完全復活できたら、必ず僕も同じような症状、病に苦しむ人々に勇気を与えられるような作品を創りたいと思う。

2010
05.08

Y君が家族で来てくれた。付き合いも長いので、何かと心配してくれるのが伝わってくる。

復帰を待ってくれている人のためにも頑張らないと。できることから少しずつやる。準備を進めていこう。まずは個展を頑張らないとね。

八月が待ち遠しくなってきました。ファイト！

2010
05.10

Yクリニックで膀胱(ぼうこう)周りの検査。痛かったし、恥(は)ずかしかったし、もう二度とやりたくない感じ。

結果はやっぱり少し反応がおかしいようで、脳の中枢(ちゅうすう)神経を少し傷つけたみたいだねとのこと。

もう検査に疲れてきましたよ。いい結果であれば、いいけれど…。

2010
05.11

昨日の検査疲れで、一日中気分が重かった。やる気が湧(わ)いてこない。仕方がないか。明日は頑張ろう。

脳のことはまだまだ医師ですらわからないことだらけなので、人体実験の世界だ。

いつか医学の進歩で、もうこれ以上僕たちのようなどこにも属さない人間を増やさない、悲しませない日が来ることを願う。

2010
05.15

今日はEクリニックに、一回目の事故の後遺症診断書の確認に。俺が色々忘れて思い出せないから、ドクターも難しそうだ。みんなに迷惑かけてばかり。本当に自分が嫌になる。

妻へ、いつも運転ありがとう。

娘へ、いつも病院についてきてくれてありがとう。

限りある大切な時間を俺に付き合わせて申し訳ない。気持ちを引き締め直して頑張るよ。

必ずやるから、もう少しだけ時間を下さい。

2010
05.18

リハビリと、一日中イダキ*の練習。

身体が演奏を取り戻してくるような感覚を覚える。考え込んでしまうと、なかなか思うように吹けないが、思考をはずして、身体が動きたいように解放してあげると、勝手に音が出始めた。身体は何か覚えている。その何かを信じて生きたいと思う。

脳のことは忘れて、今を生きてみよう。

*＝ディジュリドゥの別称

2010
05.19

夕方からバンドメンバーの椎野さん、ケンタ君、コースケ君が来てくれた。晩ご飯を囲みながら、今後の動向について話をする。とりあえず、リハーサルに入ってみないことには始まらないので、来月からリハーサルを開始することに。
色々な不安はまだまだ山積みだけど、一歩、一歩、山を登っていこうと思う。考えていても何も始まらないよ。勇気の一歩を踏み出そう！

2010
05.21

Iドクターの診察で高次脳機能障害のリハビリドクターを紹介していただくことになった。その後、軽度外傷性脳損傷友の会のSさんと面会。色んな現状を聞く。現状、日本はこの症状を無視している状況らしい。しかし、国会でこの状況を変えるようにという討論が行われているとも。近い将来、救済措置がなされるかもしれない。期待したい。

2010
05.26

再びMRIの撮影。脳に何か変化が出ているか診（み）るとのこと。もう自分では何が何だかわからない。流れに身を任せるしかない。呼吸は乱さず、ネガティブの波には乗らないように。

2010
06.01

トレーニングで身体を動かすと、いい疲れで翌日に筋肉痛が残る。朝起きて、身体が痛む時は、昨日も頑張って生きた証（あかし）。その時は自分を褒（ほ）めて、次へ進もう。

同じことの繰り返しが、一見単純で簡単そうだが、実は難しい。だが、目標、夢を持てば、それもこなせる。今の俺には夢がある。ファイト!

2010
06.02

リハビリ、トレーニング、絵の流れ。いい疲れだ。

徹底的に身体に叩き込むこと。


身体の記憶は、なかなか消えない。

思考で動きを遮(さえぎ)らないこと。自分の身体を信じること。明日の自分へ。

2010
06.05

大阪の実家へと飛行機で飛んだ。

飛行機、空港、懐かしい!

以前はよく飛行機に乗っていたらしい。あっという間に、大阪。素晴らしい文明の利器ですね。

はじめて事故後の状況を親に伝えた。ちょっとびっくりしたような表情をしていたけれど、暗い顔ひとつ見せなかった両親に感謝。

顔で笑って、心で泣いてだったのだろうか?

もし自分の娘がそうなった時のことを想像したら、答えはすぐにでてきた。

心配かけて、ごめんね。

必ず復帰するから、
楽しみに待っていてください。

ありがとう。

2010
06.07

東京へ戻り、いつもの生活へ。

リハビリをこなし、絵を描く。

お花畑

2010 06.10

市の福祉課の人が来訪。リハビリをよりスムーズに行うためには、どういうことをすればいいのか、協力してくれることになった。ありがとうございます。

市でも色々バックアップしていただける。頑張らないと。みんなの気持ちに応えなきゃ。少しずつ前へ進め。

2010 06.13

事故以来はじめてのバンドリハーサル。

スタジオに入って、セッティングから覚えなおしていく。なかなか複雑。

全くの手探り状態で始まったが、最後の方で勝手に身体が動いている感覚を覚えた。

身体の記憶は、まだ生きている！

そう思った時、泣けてきてしまった。嬉しかった。暗闇に一筋の光。あの感覚に入れるスイッチを探して見つけることができれば、なんとかなりそうな予感。目を閉じて吹いたのが、良かったのかも？？

あの感覚をもう一度蘇（よみがえ）らせてみたい。思考を外すというか、脳が諦（あきら）めた時に、身体の記憶が出てくるのか？　よくわからないけれど、信じて前へ進もう。Never give up!

2010 06.16

映画を観に行く。途中、命綱のiPhoneの具合が悪くなって、GPS、路線検索が開かなくなる。僕はどこにいてどこに向かえばいいのかわからなくなってしまった。パニック。

妻に電話が繋がって一安心。

iPhone、GPS等アプリに頼りすぎるのも、危ないという不安が生まれた。しかし、頼るしかないんだよなー。今や外付けの記憶装置となっているかなー。

2010
06.17

リハビリ、トレーニング。

最近落ち着かない自分の気持ちと向き合う。たまにはそんな時間も必要だ。オン、オフをうまくできるようになること。これ、意外と重要課題かもよ。

2010
06.18

市の社会福祉協議会にて、高次脳機能障害のエキスパート・Wドクターに話を聞いていただけるように手配していただいて面会。色んな記憶の話を聞く。

脳損傷をした人に、記憶障害は本当によくあることなので、クールに対応して生きなさいというアドバイスをいただいた。

ちょっと長い目で見て、気持ちを締めなおして生きたいと思う。ありがとうございました。

2010
06.23

リハビリに精をだす。

妻はこの状況をファンに発表するべく、ホームページをリニューアル中。なので、娘のケアを僕が担当している今日この頃。

早く俺が仕事できるようになって、娘の心にも花を咲かせてあげたい。

2010
06.25

現状を発表したらしい。色んな心配の声が届いているみたいだ。

ファンの人たちに申し訳ない気持ち。

けれど、必ず復活するから待っていて欲しいという気持ち。

みんなの記憶からも、僕の思い出が消えてしまうその前に…。

2010
06.27

まだホームページにすごい数のアクセスがきているみたいだ。心配させて申し訳ないなー。しかし、みんなからのメッセージにやる気をもらっていることは確かだ。この気持ちを忘れずに生きたい。

こういう状況にならないとわからないことってたくさんある。

人は一人では生きられないということ。

実感している。

まだまだこの世の中、捨てたもんじゃない。心ある人とそうじゃない人が浮き彫りに感じられるようになってきた気がします。

2010
06.29

家族にかけている負担を考えるとしんどくなる。

妻は朝から晩まで電話やメールの対応に追われ、娘は託児に預けられている。こんなハズじゃなかったのにと思いながらも現実を受け入れる。

必ずもう一度。何度落ち込もうが、必ず立ち上がる。そして、家族を楽にさせてあげたい。

もう少しだけ時間を下さい。

2010
07.01

事故から早くも八か月目に突入。いまだに自分の置かれている状況がよくわからない。WHOの診断基準では該当するのだが、日本の診断基準はいまだにあいまいだ。

脳損傷は目では見えづらいため、黙殺され続けているのが日本の状況だ。欧米のほとんどの国ではWHOの基準が使用されているのに、なぜ日本では、脳損傷に関しては使用されていないのだろうか？

日本人だけ脳が強い？　日本人だけ頭蓋骨(ずがいこつ)が分厚い？　同じ人間だからそれはないでしょ！

国がきちんと基準を定めてくれていないため、何の保障も受けられない。僕が何か悪いことをしたのでしょうか？

最初の医師の誤診のため、長い間気が狂ったかと苦しんでいた僕は何か悪いことをしたのでしょうか？

何も非がない人間をここまで苦しませる、国の基準はどうかしているとしか思えない。その基準さえきちんと浸透すれば、医師もちゃんと診察してくれるはずだと思う。なので、その基準をきちんと確立していただけるように自分も動いていきたいと思っている。

薬害エイズ、C型肝炎の問題の時と同じような状況だとのこと。しかし、たった一人の勇気ある行動が国を動かすほどの運動になっていたとのこと。

何の因果か、自分がこうなってしまった以上、やるしかないと思う。記憶が飛ぶと、どこの時間軸にも自分が属していないような気がして、とても寂(さみ)しくなる。ただただ時は流れる。誰にでも平等に時は刻まれると思っていた。事故に遭(あ)うまでは。気がつけば八か月。一分一秒、無駄にはしたくないと思う。

2010
07.06

バンドのリハーサル二回目。

今回も手応えあり。身体の記憶を呼び起こすスイッチ。そのスイッチを早く見つけて押す。自分を信じること。自信を失くした記憶。脳で考えず身体優先で吹き口に息を吹き込む。あの感覚、どうすればうまく入るのか、今はまだよくわからない。いわゆる無の状態ってことなのか？

細胞単位の記憶は、消えることなく生き続けている。

次回のリハーサルに向けてトレーニングを続けたいと思う。

2010
07.07

七夕。家族で短冊に願い事を書いた。必ず復活できますように：GOMA
ママ、まぁちゃんとずっと幸せな時間を過ごせますように：パパ
と二つの願いごとを書かせていただいた。
ママは、十年後にあの時はあれで良かったと思えていますように。まぁちゃんは、おジャ魔女どれみになれますように、DSがもらえますように、と二つ書いていた。
他の家族より、つらい思いをさせていないだろうかとすぐに考えてしまう。そんなこと考えても仕方ないよ。みんなそれぞれ悩みを抱えている。その人の力量に応じて、乗り越えられる。乗り越えるための試練が訪れる。
楽に行こうぜ。

2010 07.09

Hクリニック、Iドクターに会いに行く。神経診断を再び。以前とあまり変わっていないとのこと。やはり、争うしかないか？　休業損害も何の連絡もなしに保険会社が止めていた。生活するために何かしら収入を考えないと。

何か僕は悪いことをしたのでしょうか？

なんでこんなに追い込まれないといけないのでしょうか？　苦しい。

けれど、負けるなよ！　明日の俺は、今より強いぜ！

2010 07.10

夕方からKちゃんの家にて、音のマスタリング準備。集中力が続かない。一瞬の集中力に磨きをかけたい。しかし、この慣れない作業で脳が確実に活性化されている気がする。信じること。確実に前へ進んでいるよ。そこは安心していいよ。

2010 07.13

CDのジャケットのイメージで絵を描いてみる。なかなか楽しめた。音から感じるものを、絵に落とし込んでみた。

花の絵が生まれた。みんな喜んでくれたらいいな。

2010 07.22

個展のチケット販売開始。二時間で完売したとのこと。嬉しかったー！

まだみんなの記憶には、俺は住み続けているんだということを確認できたし、何よりも応援してくれている人がたくさんいることに心から感謝した。

2010 07.23

娘と映画館へ。３Ｄで娘が怖がっていたのが印象的だ。まだまだ子どもだなーと、最近ぐっと背が伸びてきた娘を改めていい感じに育っていることを実感。これも妻のおかげだ。

いつの日か娘も僕の障害について知る日が来るんだなーと思うと、なおさら頑張らないと、と思えてきた。必ずやりますよ、俺は！

2010 07.29

三回目のリハーサル。リハーサル前は毎回緊張する。なるべくみんなに迷惑をかけないように。どんなやり方で進めていくのがベストなのか、まだ見えてこない。

勝手に身体が動きだすスイッチを早く見つけること。それが、ポイント。

眼をつぶるのが、いいのかな？

あの一体感をもう一度感じたい。音楽は素敵だ！

2010 08.02

絵を描く。ひたすら描いて吹いての一日。しかし、暑い。あまりの暑さに思考も緩(ゆる)む。暑いと制作には向かないのかも。

外に出て人に会いに行こうか？　しかし、どこへ？　だれに？　浮かんでこない。みんなもうずっと遠くへ行ってしまったような気がしている。**僕だけ取り残されてしまった感じ。**会っても何を話せばいいのだろうか？　あいまいな記憶で話すのってむずかしい。みんな知らず知らず、会話のほとんどは過去の記憶から成り立っている。

僕だけ、どこの時間軸にも属していない気がする。

2010 08.03

昼からリハビリ、トレーニング。クタクタになるまで身体を動かして、来るべき日に向けて、テンションを備えようと思う。いつ何が起こるかわからんからね。

前の自分を越えたい。

それが今の自分の目標だ。必ず、前の自分と比べられると思うけれど、GOMAはもう終わったなんて絶対に言わせない。必ず越えてみせる。

2010 08.06

朝からHクリニック。Iドクターの熱い話を聞く。七十代とは思えないバイタリティー。患者に真摯に取り組む姿勢に感動する。

その後、世界堂へ行き、絵のマットを作る。個展が近くなってきたと実感。自分が個展をするなんて、いまだに信じられずにいる自分がいる。僕も事実を真摯に受け止めて、日々前へ進んでいきたいと思う。

2010 08.08

集中力が今日は続かない。すぐに頭がボーッとしてくる。コーヒーを飲むと、一瞬頭がスキッとした気がするが、またすぐにボーッとする。

そしたら大雨が降ってきた。頭のさえない原因は低気圧だった。脳損傷の後、低気圧に敏感になる人が多いらしいです。脳への圧力のかかり方なのかな？　これもそのうち解明されるだろうな。

2010
08.11

昼からスタジオでバンドのリハーサル。今回で何回目になるのか？

少しずつだが、前に進んでいる感じが好きだ。昔の曲を思い返しながら、新しいことにも挑戦をしていく。九か月間のもがきが、スタジオで音のかたまりとなって表れてくる。

あの一体感は確実に覚えている。
早くあの感覚にもっとひたりたい。

2010
08.13

朝、空港まで家族に送ってもらい、事故後はじめての一人旅。何か失敗しないか、緊張しっぱなし。以前はよくフライトしていたはずなのに。一つずつ行程を確認していく。

わからない時は、何度も聞く。

なんでそんなこともわからないのだろうという顔をされても、めげずに何度も。絶対に諦（あきら）めないこと。投げださないこと。

こうして無事に大阪へ。同級生が心配して同窓会を開いてくれた。幾度か話についていけないことがあったが、話の腰を折るまいと笑顔で流す。みんなに心配をかけたくないから。いちいち質問をしていたら、話が盛り上がっているのを中断するのが申し訳ない気がして。

同級生の店にて必ず前の自分を越えることを誓う。

2010
08.14

再び一人で伊丹空港へ。時間にゆとりをもって動けば、大丈夫だ。無事にチェックインを済ませて、搭乗ゲートまで来た時、ホテルからTEL。忘れ物をしてきたらしい。着払いで発送をお願いした。羽田で家族と合流。はじめての一人旅。なんとかなる。また仕事に戻れる。一つの壁をクリアした達成感に満たされた。これからも信じて前進していこう。

2010
08.17

世界堂に絵のマットを取りに行く。家に帰ってから買った絵の具をどっかに置き忘れていたことが発覚し、再び世界堂へ。

ライブが近づいてきたので、緊張してきている。どんな感覚になるのだろうか？　全く想像がつかない。

とにかく今は、吹いて吹いて吹きまくること。余計なことは考えないこと。

2010
08.22

いよいよ、個展会場での建て込み。個展経験のない僕には、どういう段取りで始めればいいのかわからず。

平さんに色々と助けられました。

絵も額に入った姿を見て、見違えるようにグレードアップしたように感じた。

みんな本当にありがとう。色々ありましたが、何とか無事に形になりました。

明日は、レセプションパーティーだ！

2010

08.23

色んな人に支えられている。

みんなに感謝する気持ち忘れない事。

緊張しすぎて、一気に色んな人に会って

ほとんど覚えてない。

しかし、ライブをした達成感は

あります。

みなさま、
これからも宜しくお願いします。

2010
08.23
レセプションパーティースピーチ原稿

こんばんは。
本日はご来場頂きまして本当にありがとうございます。
何から話をすればいいのかわかりませんが、
今日は以前からのつながりがある人がほとんどとの事ですので、
ざっくばらんにお話させて頂きたいと思います。

昨年の事故から早くも9ヶ月が過ぎました。
（みなさんもすでにごぞんじかと思いますが、）
事故の後遺症で、脳損傷による記憶障害と
半身マヒを抱かえる事になりました。そして以前のような活動は
今後難しいかもしれないと告げられた時は
しばらくその事実を受け入れる事ができませんでした。
なぜなら、僕は事故の事すら覚えていません
でしたので、一体自分がなぜこんな事になって
いるのかよくわかっていませんでした。
しかし、時が経つにつれて、前にできていたハズ
の事ができなくなっていたり身の回りによくわから
ない事が次々と出て来はじめ
はじめて自分の身に起こっている事の重大さを自覚
しました。
それからは、事故を憎む気持ちと、自由のきか
なくなった体との格闘の日々でした。
毎日どこへ行く事もなくえいえんと泣き続
けました。
夜もほとんど眠る事なく泣き続けました。すると
どれくらいの期間でしょうか、
泣くところまで泣ききると、自然と涙が出てこなく
なりました。

（1）

事故の相手も、事故なんて起こしたくて起こしているハズはないのだから という思いが湧き上がってきて、気持ちが少しずつ前へと向かうようになって来ました。

その、次に僕を待ち受けていたのが、記憶障害の症状でした。

前進する為に行うリハビリ活動が、

一晩ねて、翌日起きると、脳からほとんど消えて、ちくせきされていかない事が、わかりました。

いくらがんばってリハビリしても、翌日には又1からのやり直しでした。

何度も何度も失敗しては、くり返しの連続でした。

やっと前向きになったハズに、再び大きな山が立ちふさがりました。

つかれ果てて、よからぬ事を考えた事も、一度や二度ではありませんでした。

しかし、そんな僕をふるい立たせてくれたのが、妻と娘、そしてこの絵達でした。

なぜ、絵を描き出したのか、それは今でもよくわかっていません。

事故後しばらくは、ディジュリドゥをさわりもせず、ひたすら絵を描き続けていたようです。

幸か不幸か、事故後の苦しんだ記憶もほとんど消えていて、今は、記憶がわりに書きとめてきた

(2)

ノートを見て自分をふるい立たせています。

しかし ただひとつ、ずっと自分の中に気持ちがあります。

それは、絵を描いた翌日の朝、絵を見て感じる気持ちです。

たとえ昨日の記憶が消えていたとしても感じる事ができる昨日の自分からのメッセージがそこにはありました。

昨日の自分からの生きた証が絵の中に見える

明日の自分へ生きる勇気を届けるために、そして今は、絵を描き続けています。

最初つらかった、体のマヒも、半年ぐらいを境にずい分楽になってきて、今は見た目には、わからない程度に歩けるようになってきました。

体はすごく正直です。色んな記憶がつながりにくくなっていますが、身体的な記憶は体にしみついていて今も消えずにしっかりと残っています。

頭で考えて全然わからなかった事でも、しこうを止めてその場に身を任せると勝手に体が動き出して体が脳を助けてくれるような場面が多々あります。細胞単位までしみこんでいる行動の記憶は中々消えないようです。

ディジュリドゥも、そうです。体が覚えてくれていました。

(3)

最近又少しずつ、バンドメンバーに助けられながら
スタジオに入り感覚を取り戻すリハーサルを行っています
しかしまだ曲を覚えるのに2時間掛かったりする状況です。

そんな中にも、突然体の諸機能が一体を支配して、以前にもおとらぬと感じれる
演奏をしている事もあります。

そんな状況ですので、今日のライブもはじまる直前まで
どうなるのか、自分ですら全くわからない状況でした。
本当に今日みたいな日が来て又みんなにこういう形
で会えるなんて正直もう無理なのかなと思ってました。
もう俺の事なんて、みんな忘れてるだろうなって思ってました。
自分一人取り残され、みんなどっか遠くへ行ってしまい
気がしていました。

けど今日又こうしてみんなに会えて、そんな事思ってたのは
俺だけだったんだとつう感じています。
みんなの温かさを感じれて、なんて俺は幸せもの
なんだと感動しています。

まだまだ完全復帰には、ほど遠いですが、少しずつ
活動を再会し、必ず前の自分を超えるような
いい活動、社会に貢献できるような人間にな
りたいと思います。そして一歩一歩さらに着実に進んで行きますので
これからも絶対にあきらめる事なく応援よろしくお願いします。
GOMA 2010年8月23日

(4)

2010
08.24

一般公開初日。オープン十三時からたくさんの人が来てくれました。ラスト二十一時まで途切れることなく。予想以上の忙しさに、妻も驚いていていました。

たくさんの人に会ったので、記憶情報錯乱気味。

2010
08.25

今日も色んな人に一気に会ったせいか、脳が休止状態になってしまっている。予想以上にたくさんの人が来て下さっています。嬉しい。

本当に生きていてよかった。

しかし、ほとんど誰に会ったか覚えておらず。

2010
08.26

今日は脳に休息を与えるため、会場へは行かないことになった。明日ライブもやることだし、ちょっと脳を休めないと危険な感じがしたのだった。リハビリ&トレーニングで、身体の細胞を目覚めさせ、明日へ繋ぐイメージで一日過ごす。スタッフのみなさん、いつもありがとう。今日は休ませてもらってありがとうね。

2010
08.27

ライブがはじまる夕方までに、リハビリ、トレーニングを済ませ、ヨガで呼吸を調整する。緊張する。この緊張こそが、ライブなのかも。マウスピースを口につけるとあっという間に終了。明日もライブがあるということで、緊張が張りつめてなかなか眠くならない。
早く明日になぁれ。

2010 08.28

ライブまでヨガと絵でまったりとした時を過ごす。しかし、テンションは張りつめている。今日を乗り越えると、明日は最終日。なんて思っていたら、あっという間に本番。本当みんなに出会えて良かったです。ありがとう。

2010 08.29

あっという間に個展が終わってしまった。寂(さみ)しい。涙が溢(あふ)れる。みんなの温かさに触れて、只々感動している自分がいる。俺も頑張らないと。本当にみんなに恩返しがしたいです。

今は無事やりとげた達成感に心地よく浸(ひた)れています。これもすべてみんなのおかげです。本当にありがとう。これからも宜しくお願いします。

2010 08.31

いよいよ今日で八月も終わり。夏も終わりに向かってラストスパート。残暑がすごいです。昼から焼肉屋さんに行って、精をつけてバンドのリハーサル。今日は古い曲を何曲か演奏できた。メンバーにも、だいぶ感覚が戻ってきているよと言われて嬉しかった。九か月間ずっとアルバムを聴き続けた成果か？脳が活性化されてきたのだろうか？何が効果があったのかわからないが、少し前進した感あり。このまま頑張ろう。

夏のひかり

2010
10.01

久しぶりに筆をとりました。

個展が終わって気力を失くして、九月の一か月間、ボーッと過ごしました。

九月頭、沖縄に行って、まったりと家族で過ごしたことが、なんとなく記憶に残っています。個展もやったことは覚えているのですが、誰とどんな話をしたのかなど思い出せず。

最近は、そんな自分も素直に受け入れることができるようになってきました。

個展に来てくれた二〇〇〇人を超える人たちに支えられているんだと思うと勇気が湧(わ)いてきます。

次のステップに向かって、今はリハビリをしっかりやっていきたいと思います。

2010
10.04

バンドのリハーサル。少し間が空いてのリハーサルだったので、最初、感覚をつかみづらかった。

しかしながら、やっていくうちに色んな音色が浮かんできて、それを追っかけてみた。その様は事故前の僕に似ていると言われ少し安心。確実に脳が覚醒(かくせい)されてきているんだと思う。

次の課題を何か自分に課していきたいと思う。

2010
10.05

引っ越しに向けて、準備を始める。倉庫の荷物を引っ張り出して、過去の自分との接点を見返していく。必要なモノか、そうでないモノなのか？そのジャッジが自分にはできなかった。記憶の空白を埋めようとした形跡（けいせき）が、荒れた倉庫から見てとれる。その事実を、今は受け入れる心構えが整ったように思えてきて、過去の産物をすべて思い出と共に捨てた。

過去も未来も把握できない今の自分には新たな思い出を受け入れるために身軽になる必要があるのではないかと考えたからだ。

記憶力の衰えた自分は、**本当に生きるために必要な物事**をジャッジして、その事だけを集中して覚える。そのジャッジに必要な目と心を育てる必要があるように思う。そうすれば、この前代未聞の記憶力でもやっていける気がする。

2010
10.09

オーストラリアから友だちのカルロとナタリーがプロモーション来日。タワーレコード渋谷店のインストアライブへ。オーストラリア時代に一緒にバスキングしていた頃の映像が浮かんできて、じわっと感動してしまった。

ライブの後は一緒にディナーへ。十年以上の時を経て、またこうして会えることに感謝。オーストラリア時代の記憶が彼らによって引っ張り上げられてくる。何の縁かわからないが、何かキーがあるようにも思える。

2010
10.12

高次脳機能障害のエキスパート、Wドクターに会いに行ったが、日時を間違えていたことに気づき帰宅。

そんなこともあるさ。前進あるのみ。

2010
10.13

K大学病院で聴力と平衡感覚の再検査。どんなデータを突きつけられるのかと結果を待つ。Sドクターが笑顔でいい結果が出ているよと伝えてくれた。

八か月前はまっすぐに立つことすらできなかったのに、よく頑張ったねと声をかけてくれて本当に嬉しかった。

急にひかりが差してきた気分になった。ドクターたちも回復ぶりに驚いている様子だった。どうやってリハビリをやっていたのかを教えてほしいと言われた。僕がやっていることは以下に。

左手でできることは、左でやるように挑戦する。片方に荷物を持ちながら歩くとなぜかうまく歩けなかったので、荷物を持つ時は、左右バランスのいいリュックを使用。

後、自分的に良いなと思っているのは、サーフィン。海で筋力の低下しているほうを意識してパドルする、泳ぐ、板に乗ってバランスを取る練習をする。後は、ジムで、歩く、走る、弱っている所を徹底的にトレーニング。

その繰り返しの約一年。

しかし、まだまだ油断は禁物。数ある障害のたった一つの数値が上がっただけにすぎない。まだまだ先は長いよ。焦(あせ)らず前進あるのみ。

運動、スポーツから記憶の細胞が活性化されることがよくあるとの話。信じたい。

2010 10.24

朝から多摩川のもみじ市へ。雰囲気のあるお店が、たくさん出店していた。今日からぐっと冷え込んだ感じがする。冬の足音が聞こえたような気がする。寒さのせいか、左腕の麻痺(まひ)がまたでてきている。寒くなってくると、後遺症がでてくるかもと言われていたので、ある程度は覚悟できていたけれど、これから冬に向けてちょっと気が重くなった。しかし、それが現実なので、逃げずに向き合っていくこと。笑顔を忘れずに。

2010 11.05

今日は、一日中ストレッチをしていた。

最近寒くなってきて、ドクターから言われていた後遺症で、身体が言うことを聞いてくれない。

カチカチになった身体を、徹底的にほぐしていく。

体温管理きちんとやらないと、冬が怖いなー。

しかし、前進あるのみだからね。

最近、イダキの調子がすこぶるいい感じだからね。

口が、かなりスムーズに動くようになってきた気がする。しかし、言葉はまだスムーズに出てこない。

2010 11.10

J医大病院にて、Wドクターを訪ねる。Wドクターは、日本における高次脳機能障害のエキスパートです。MRI画像を診(み)ていただいたら、脳の帯状回(たいじょうかい)に傷があると言われた。

やっぱり良い先生に診てもらわないと、同じMRI画像でも傷は見つからないということを実感。

リハビリ頑張らなきゃ。まだまだ先は長い。

純恵の日記

2010
11.10

J医大病院リハビリテーション科初受診。精神障害者の診断書の用紙がないので、再受診するように言われる。MRI画像を見せたところ、帯状回（たいじょうかい）という場所に傷があると言われる。この場所は大きな事故をした時などに傷つきやすいところで、段取りができないことや記憶が定着しづらいのはこれが原因だろうとのこと。

Wドクターに「今困っていることは?」と聞かれて、私が「すぐに怒ること」「怒り方が普通ではないこと」「特に子供に対して酷（ひど）いことを言う」と説明し始めると、パパは泣き始めた。Wドクターは、「それは事故で色々なことを急に止められたという精神的な原因もあるし、それとこの傷も原因だ。できるだけ社会に出て行くように」「怒りを止められない時は、数を数えなさい」と言った。

今まで傷がないと言われ続けたのはなんだったんだろう。

すべての医師に言いたい。きちんと診断する気がないなら医師になんかなるべきではない。あなたの家族や大切な人を見る感覚で診察してほしい。必ず原因はある。

夕方、一階からパパの怒鳴り声が聞こえ始めた。何度かパパに目配せをして注意していたが、本格的な罵声（ばせい）が飛んでいるので、電話を切って一階に降りて行くと、まぁちゃんはカーテンに隠れて泣いていた。

あんなに注意したし、Wドクターとも話して色々な方法も聞いたばかり。今日は本当にパパの怒りは高次脳機能障害が原因だと思った。

2010
11.11

帯状回に傷があると、感情や記憶を制御する機能が弱るという話を聞いた。思い当たる節があるねと、妻に言われる。喜怒哀楽の怒哀の感情の高まり方が半端ないと。
どうすれば良いのか、自分では今一つわからない。もう少し客観的に見られる自分が必要だ。妻の話を聞いていると、

まるで自分の中に二人の個性がいるような感じに思えてくる。

事故前の自分と、事故後の自分。何かでふっとスイッチが切り替わってしまうのだろうか。自分ではわからない。脳の不思議。ミステリアス。

2010
11.15

バンドメンバーとリハーサル。やればやるほどに感覚を取り戻してきているように感じる。勝手に身体が動き出している。メンバーも、毎回グレードアップしてきていると言ってくれている。聞いたことのないフレーズもたくさん飛び出しているようだ。摩訶(まか)不思議なことは、いまだにたくさんあるが、順調に復帰に向かっていることは確かだ。根気強く付き合ってくれているメンバーに感謝。

スタジオ終わりの達成感がたまらなくいい感じだ。

細胞分裂

2010
11.18

リハビリへ。運動で記憶の細胞が活性化されるというドクターの言葉を信じて今は身体を鍛錬(たんれん)。少しずつ何かが繋がり始めている。そんな気がする。家族がそう言ってくれているのだから信じたい。事故後思い出せていなかったことが、最近は普通に会話に出てくることがあるので、びっくりするらしい。しかし僕からすると、そんなことも出てこなかったの？ と逆にビックリさせられるようなことばかりだ。恐るべし脳損傷。

しかし、確実に前進中。

2010
11.21

年末に予定していた個展が流れて、色々と歯車が狂ってきている。貯金も底をついてきたようだ。

年始の入院検査費用を何とか生み出したかったのだが、仕方がない。

ここで中途半端なことをしてしまうと、過去だけでなく未来まで失ってしまう。

他の人にはちょっとした失敗で片づけられることも、僕には、やっぱりGOMAは、事故でおかしくなったと言われてしまう可能性が高い。「事故でGOMAはもう終った」っていう言葉だけは、絶対に言わせたくない。

これからも一戦一戦大切にいきたいと思いますので、神さま応援宜しくお願いします。

2010
11.22

今日は、良い夫婦の日・入籍記念日ということで、家族で食事に出掛けました。渋谷にあるネパール料理屋さんへ。美味しかった。

入籍して十四年も経ったのかー。僕と結婚して、妻は幸せに思ってくれているのだろうか？　色々あり過ぎて、退屈はしていないと思うけれど、本当に心配かけてごめん。何年後かに、笑って事故の話もしていられるように頑張ります。もう少し脳が落ち着くまでの間、甘えさせて下さい。

事故後初めてお酒を飲んだ。赤ワインのポリフェノールが脳に良いと聞いて飲んではみたものの、帰りに気持ち悪くなって、吐いてしまった。五歳の娘に介抱されて帰宅。

ああ、情けない。お酒も徐々に慣れていかないとなー。ああ、情けなや…。

2010 11.26

事故一周年記念日。

生まれ変わって一歳を迎えました。これからこの日を二つ目の誕生日にして、祝っていこうと思う。そしたら後々に、あのとき事故に遭(あ)って良かったね、なんて言えるようなことになるかもしれない。

前向きに、記念日が一つ増えて
ラッキーくらいに思って、
これからも生きていこうと思います。

2010 11.30

映像のミーティング。まだ先が見えないことに対して、みんなが熱心に話してくれている。いまだ真っ暗闇の僕の未来についてみんなが話している。僕は、そのテーブルをまるで他人事のように見ていた。時折、集中力が降ってきた時に、会話に口を挟む。

真っ暗闇の僕の未来に。真っ黒なキャンバスに、色んな絵が描かれていく。そのイメージは、出て来ては消えていく。みんなの思い思いのイメージが、僕の中をかき乱していく。

みんなの気持ちは受け取りました。ありがとう。

明日の僕はどんな感じですか？

2010
12.01

岐阜県にある病院に向かって車を走らせる。

日本に二台しかない高性能のＭＲＩがあるとのことで、紹介状をいただいた。一台何百億円という話らしい。そんなモノが、なぜこんな田舎に置いてあるのか不思議だ。

一日かけて、車で家族と移動した。妻はずっと運転。申し訳ない。娘にも幼稚園休ませて申し訳ない。

自分が悔(くや)しい。

2010
12.02

病院にて診察を受ける。

結果、来年一月に入院検査を受けることに。予約を取って、帰路につく。

2010
12.03

Ｈクリニックへ定期検診。

大雨だったので、車で移動することに。地方から戻ったばかりなのに、また妻に運転させてしまっている自分が情けない。

ＩドクターとＳさんに、年末の挨拶をして帰る。

2010
12.09

明日のバンドリハーサルに向けて、一日中吹きまくった。我ながら随分進歩したように思う。日増しに演奏後の達成感が増幅してきているように感じられる。信じてやるのみ。

2010
12.10

リハーサル。随分色んな曲ができるようになってきた。メンバーからも、お褒めの言葉をいただいた。

復帰へのイメージが具体的に湧いてきた。暗闇に少しひかりが遠くに見えている。目標が見えてきたよー。燃えてきた！

（バンド）ライブができる日も、そう遠くない気がする。

2010
12.11

J医大病院にて、Wドクターの診察を受ける。障害者手帳を申請したほうがいいということで、後遺症関連の書類を書いていただいた。画像をチェックしつつ、患者への気配りもあり、本当に素晴らしい先生だと思う。人間として出会えて良かった。

2010
12.16

森部に会いに、中目黒のオフィスへ。同級生で、結婚式の司会までしてもらったということもあり、気兼ねなく話ができる人物だ。

卒業してから、森部はニューヨークへ、俺は、オーストラリア、ロンドンへ。そして今またこうして東京で繋がれていることに感謝する。

色んな記憶があいまいになってしまっているから、昔を知ってくれている人間と話ができると、心からホッとしている自分がいる。会う度に縁というものを感じる。

人間は世界中に数多くいるが、いったい何人の人と心を開いて付き合っていけるのか。そう思うと、感謝せざるをえない。適当な言葉やはったりなんか必要のない付き合いがしたい。

嘘やごまかしは一度やってしまうと、ずっと覚えておかないといけない。そして塗り重ねていかないといけない。

僕の脳では、それはもうできない。

少し悲しくも思うが、そんなの必要なしに付き合いできる人とのみ、これからは関係を深めて生きたいと思う。よりシンプルに生きられるように。より大切なことを見抜けるように。そのために僕は事故に遭(あ)ったのかもしれない。

2010
12.20

まだ咳(せき)込んでいる妻、娘。今回の風邪はなかなか手強いなー。二人の様子を窺(うかが)いながら、落ち着きなく過ごす。

妻が、熱が下がらないし生理が少し遅れているというので、妊娠検査薬を試してみる。

すると、うっすらと妊娠反応が出ている。

もしかして、赤ちゃんが舞い降りて来ているのかも。まだ、超初期段階なので大声で喜べないが、妻と小さくバンザイをした。その後は、二人ともニヤニヤして終始へんに落ち着きがなくて、楽しい一日になった。赤ちゃんって素晴らしい！

2010
12.22

妊娠しているのかいないのか、そればかりが気になって今日は何をしても気が入らず。早くハッキリしたことが知りたい。ただの僕のわがままです。順調に育っていますように。

2010
12.28

生理がこないということで、妻が産婦人科へ。結果はなんと、妊娠しているかもとのこと。尿検査では反応が出ているが、まだエコーでは確認できないので、年明けにもう一回来て下さいとのことらしい。

こんな時期に、赤ちゃんを授かるなんて、神さまがまるで俺に「もうやるしかないんやで!」って言って、応援してくれているかのように思える。もう絶対に逃げない。俺には守らないといけない家族がいる。

2010
12.30

今日は一日中大掃除。引っ越しの準備も兼ねていて、気合いが入りました。色々なモノが、風化していく。この世の中には、変化しないモノというのはあるのでしょうか?

どんなに思い入れのあるモノでも、時の変化と共に見え方は変わっていく。その人やモノは、もし変わっていないとしても、自分が日々生き抜いていく過程において、**脳に新しく刻まれていく価値観は、そのモノの外観までも変化させる。**

あんなに大切にしようと思っていたモノが、気がつけばただのお荷物になっていた。

最近これが自分の周りによく起こることだ。

第3章　ひかりを求めて

2011.01.01 ～ 2011.07.31

2011 01.01

明けましておめでとうございます。

いよいよ復活の年がきた。

今日は一日リフレッシュで何もせず。お雑煮を作っただけで、後は一日中お笑い番組を見ていた。

笑いは大切やなー。

久しぶりに家族でのんびりしたかな。

2011 01.03

布多天神社へ、初詣。ここには、三年前に流産した水子ちゃんが祀られている。まだハッキリしない妻の妊娠のことを告げ、見守ってほしいと願う。

娘も自転車に上手に乗れるようになってきたなー。

ちょっとした遠出ができるようになってきた。娘が自慢げに自転車に乗っている姿を見ると、自然と笑みが溢れてくる。親子愛ってすごいなー。何やろね、血の繋がりって。もう一人無事に子供が産まれたら、言うことないね。

色んな想像をして楽しませてもらいました。無事にちゃんと妊娠していますように。

2011 01.04

今日は、娘のランドセルを買いに新宿高島屋へ。

ランドセルを背負う姿を見て、もうすぐ彼女が僕たちの手を離れて羽ばたいて行く姿が目に浮かんで、嬉しくもあり、寂しくもあった。よくぞここまで育ってくれました。

ここまでの過程がいまいち思い出せないことに、胸が締めつけられる。

本当に産まれてきてくれてありがとう。

純恵の日記

2011 01.04

　待ち時間にまぁちゃんのランドセルを見に行く。前から目をつけていたピンクを購入。いよいよ小学生か。商品を受け取る時に、お店の人に「おめでとうございます」と言ってもらえて嬉しかった。

　その後、小龍包の美味しいお店で夕食。この店には三か月ほど前にもきていて、その時食べたスーラータン麺が美味しくなかったので、今日は注文しないのかと思っていたけれど、パパはまた注文していた。そのことは全く覚えていなかったようだ。

　食事中に、パパが「使わないディジュリドゥを売ろうかな?」と言い出した。どうしてかと聞くと、生活費が心配だと言う。そういうことにも心の配慮ができるようになってきたのかな?「パパのディジュリドゥなら、買ってくれる人はたくさんいると思うよ。ディジュリドゥ界では、パパはカリスマだから」と言うと、「何のこと?」と全くわからない様子だ。「ディジュリドゥという楽器で日本の音楽シーンを切り開き、道を作ったのはパパだから」と再度伝えたけれど、「何をしていたか全くわからんし、これからも何をしたらええかようわからん」と言う。

　私が同じ状況になったら耐えられるかな? パパ、応援しているよ。頑張って一緒に新しい道を切り開こうぜ! 家族三人で普通に生活する分には、ほとんど問題がないようになってきている。私もまぁちゃんも、パパの足りない部分を何も考えずに補うようになってきた。

　しかし、油断は禁物だ。再始動に向けて気合い入れていこう!

2011
01.05

義父の引っ越しのヘルプに家族で高尾へ。

今日で病院を退院して、老人ホームへ入ることになったのだ。なかなかいい感じの老人ホームで、ここからまた新しい旅を楽しんで謳歌（おうか）してもらえたら嬉しいなと思う。

もし妻に先立たれて、娘に迷惑をかけるようなことになりそうだったら、僕も入れるものなら老人ホームに入って同じ境遇の仲間と楽しくやりたいと今は思う。

2011
01.07

妻が産婦人科で再診。結果は、妊娠しているとのこと。エコーでも、小さい心臓が動いているのが確認できたみたい。写真を見せてもらったけれど、嬉しかったなー。

けれど、まだ安定期に入っている訳じゃないので油断はできない。あまり妻の前で喜びすぎると、流産した時にショックが大きくなりそうなので、一人自分の部屋でニヤニヤさせてもらいましたよ。

ありがとうね。

2011
01.10

いよいよ明日から岐阜へ。最後の大きな山だ。

二日連続で、放射性医薬品を血液に注入する。考えただけでも怖い。しかし、これも未来のためにやるしかない。やるか、やられるか。

俺には守らなければいけない家族がいる。

迷っている余地はない。しかし、不安は消えることはない。どうか神さま見守っていて下さい。

2011 01.11

朝二時起床で、岐阜へ車を走らせる。

妊娠初期の妻も同行。本当に自分が情けなく、妻に申し訳なく思う。雪が心配だったが、無事病院に到着。次々とドクターに言われるままに身を任せていく。

気がつけばもう夕方。明日の検査に備え就寝。

2011 01.12

この日も朝からドクターに身を任せる。

この先の人生で何も後遺症がでないことを願う。

検査の待合室で、同じように検査を待つ家族の会話が耳に飛び込んできた。最先端の検査で、副作用のあるなしは、何年か後にならないと結局のところはわからないらしい。怖い。


今すぐにここから逃げたい。こんなリスキーな検査をして、何も見つからなければ、ただの薬物注入だぜ。

やると言ったのは、お前だろ。男に二言はないよな。男が家族をもつと決心したら、身体がどうなろうと、何がどうなろうと、守らなきゃいけないものがあるだろ。そうだ、逃げてはいられない。

神に身をお任せします。信じていますから、どうか未来へと俺を導いて下さい。

2011 01.13

検査を終えて、そのまま車を走らせて東京へ帰る。

朦朧（もうろう）とする意識の中、妻の背中を見る度に申し訳ないと念じる。

病院を出てからのことはよく覚えていない。

2011 01.17

Kクリニックにて、味覚、嗅(きゅう)覚の再検査。数値が少しだけ上がってきたとのこと。前は完全に麻痺(まひ)していたみたいだけれど、舌も鼻も少しだけ感覚を取り戻してきたようだ。良くなってきているのは、何にせよ良かった。

2011 01.19

熱が三十九・八℃まで上がって、インフルエンザ検査。結果は陰性。今日までの流れを少し話すと、疲労でウイルスへの免疫(めんえき)が落ちているんじゃないかと言われる。**脳を損傷すると、免疫が衰えるらしい。**そういえば、今までの人生でこんな高熱を出したことないもんな。気を引き締めて生きなければ。

今後復帰していくなかで、何か作戦が必要かも。毎回こんな高熱を出していたらどうしようもないもんな。ただでさえ色々迷惑をかけてるのに、さらに迷惑をかけてしまう。今日からしばらく安静にして下さいとのことだった。

2011 01.20

一日中寝る。

2011 01.21

三十八歳の誕生日だったが、一日中寝込んでいた。予定していたリハーサルをキャンセル。その後、誕生日パーティーを仲間が開いてくれる予定だったけれど、それもキャンセル。

みんな本当に申し訳ない。

純恵の日記

2011
01.20

朝、まぁちゃんを幼稚園に送るついでに、TSUTAYAに連れて行ってくれと頼まれた。パパは一昨日からの発熱が下がりきってないので、うつされると困るから本当は嫌だったけど、どうしてもと言うのでしぶしぶ後部座席に乗せた。

幼稚園へ向かう途中、奥からガードマンが出て来て、通り抜けができないと言う。もっと手前で立つのが常識やろって思った矢先、後部座席からパパの罵声（ばせい）。

「お前なに考えてんねん。もっと手前で誘導せなあかんのちゃうんか！ おいお前、聞いてんのかこら!?」と続き、もうやめてと止めるが、全く収まらない。

パパはこの状態の自分を「デンジャラスGOMA」と呼んでいるが、まぁちゃんもいる前でまさにデンジャラス！

私もテンパってしまい、最後は大声で、「いい加減にして、子供の前で。もう人間失格や」と言ってしまった。今度はその言葉に引っかかって、俺は生きている資格がないと、一日中落ち込んでいた。

最近はデンジャラスGOMAに会っていなかったから、もう落ち着いてきたと思っていただけに、私もパパもショックが大きかった。まだまだ怒りの感情はコントロールできない現状を受け入れざるを得なかった。

2011
01.22

今日は、幼稚園最後の行事のお餅（もち）つき会。お父さんが、お餅を杵（きね）でつく。娘が前々からすごく楽しみにしていたのに、これも参加できず。まぁちゃんごめんね。他のお友達はみんな、お父さんが来ていたはずだから、一人寂（さみ）しい思いをさせたに違いない。

帰宅してきた娘に「ごめん」と声をかけると、「大丈夫だよ、パパ」と優しく笑顔で返してくれた。二階へ駆け上がる。

五歳の娘の心の成長に、僕は一人泣いた。

一日でも早く社会復帰できるように何度も祈った。

より一層、自分の心と身体を鍛え上げることを誓った。

純恵の日記

2011
01.21
01.22

パパの風邪がうつってしまい、しんどくて夜中何度も目が覚めてしまう。寒気がしたので、幼稚園の朝の見送りを頼んだ。

帰宅したパパは、まぁちゃんに「昨日のガードマンとのやりとりは最悪だった。パパは人間失格だね」と言われたらしく、ひどく落ち込んでいた。私がつい口をすべらせた言葉で、二重に傷つけてしまった。

けれど、何度も何度も話しかけてきては、「俺はいないほうが良いんやんな?」と、あまりにしつこく確認してくるので、つわりと風邪で体調が最悪な私はイライラしてしまい、「それを私に言うてどうするの? まぁちゃんも嫌やったんやと思うよ。自分に置き換えてみてよ」と言った。すると、「じゃあ、どうしたらええねん!」と大声を上げて、机や椅子、ドアなど蹴(け)りまくって。

壁に大きな穴があいてしまった。まぁちゃんが帰宅するまでに修理をしてほしいと頼んだが、「今度でええやろ」と、また逆切れ…。

翌日、穴があいた壁を塞(ふさ)いで白に塗ってほしいとパパに頼んだら、壁いっぱいに絵を描き始めた。なんで!? 無心に殴り描きしている姿は怖すぎて声をかけられない…。辛すぎる…。気が付いたらキッチンの壁は変わり果てていた。

幼稚園から帰宅したまぁちゃんもこの壁を見て、「お友達もう呼びたくない」って号泣していた。

そりゃそうだよね。心が折れた。逃げ出したい。まだ先は長いのかな?

2011
01.28

朝からHクリニックにて、Iドクターに会う。ドクターの近況、国がどう動こうとしているのかという話を聞かせていただいた。厚生労働省がいよいよ動き出すかもという話だった。

2011
01.29

一日中絵を描いた。

最近、富士山の絵が描きたくなる。多摩川から臨む富士山が最近すごくキレイだ。

2011
01.31

午前中に妻が産婦人科へ向かった。

一本の電話。


赤ちゃんの心臓が止まっていると言われたとのことだった。ある程度大きくなっているので、手術もしなければいけないとのこと。

一瞬頭が真っ白になった。


大丈夫かと妻に掛けた声が、自分に言われているように聞こえた。少しだけ泣いて涙は封印した。

流産は、女性への負担が大きい。代われるものなら代わってあげたい。

ふっと、娘のまぁちゃんのことが頭をよぎった。

五体満足で何の不自由もなく生まれてくるなんて本当に奇跡的やなーって。生まれてきてくれた娘への感謝がさらに深まった。

午後からバンドのリハーサルがあったが、気持ちが上の空で、みんなに申し訳なかったと思う。

帰って来た妻も、同じように娘への感謝が深まったと語っていた。家族の絆がさらに深まった気がする。

純恵の日記

2011
01.31

流産していた。

内診している間先生が一言もしゃべらなかったし、エコーで赤ちゃんが動いていないのが見えたので、すぐに自分でも事態は把握できた。先生から告げられた時も、あまり驚かなかった。

手術ができる病院に転院して、午後から診察。二週間くらい前には亡くなっていたと言われた。つわりもそれなりにあったので、まさか流産しているとは思っていなかった。

パパの事故以来ずっと張りつめていたものが、プッツリと切れてしまって、もう何も頑張りたくない、何もしたくないと思って、気が抜けた。魂が抜けたような気分になった。

手術は四日後の二月三日、節分の日だ。節目の日、これで悪いことは終わらせたい。

エアーズロック

2011
02.01

引っ越しの準備。昨日のショックを吹き飛ばすように、ひたすら家を整理していく。

妻はやはり、まだショックから抜け出せず寝込んでいる。まだお腹の中に、亡くなった胎児がいるので、つわりもあるし精神的にも体力的にも苦しそうだ。

普段頭から色んなことが消えていくのに、流産のことは色濃く残っている。

よっぽどのショックが脳に刻まれたんだなー。

家が明るくなるように
振る舞うことを心掛けた。

2011
02.03

胎児を堕(お)ろす手術の日。

妻に付き添って、病院へ。早く無事に終わってほしい。

生まれたばかりの赤ちゃんの泣き声が響く病室で、手術の時間を待つ。幸と不幸が入り交じる何ともいえない切ない気分だった。

娘を幼稚園に迎えに行き、一緒に病院まで妻を迎えに行った。何事もなかったかのように娘に接する妻。母は強いなーの一言。

家に帰って節分の豆まき。

また明日から新たな気持ちで
生きていきたいと思う。

郵便はがき

料金受取人払郵便

上野局承認

9093

差出有効期間
平成29年6月
30日まで

110-8790

210

（受取人）
東京都台東区台東3-29-1
中央法規ビル7F

中央法規出版株式会社
企画調査室行

ご愛読者カード

失った記憶　ひかりはじめた僕の世界　5405

このカードは弊社において大切に保存し、今後の企画、編集方針等の参考にさせていただきます。ご協力よろしくお願いいたします。

性　別	男・女	年　齢	歳	購入期日	年　　月
ご職業・職種					

★この本を何でお知りになりましたか。

1　新聞・雑誌・ホームページで見て………名称（　　　　　　　）
2　書店の店頭で見て　　3　友人・知人に薦められて
4　著者の講演を聞いて　5　学会・研究会など
6　その他（　　　　　　　）

★本書についてのご意見、ご感想をお聞かせください。

★これから、どのような本の刊行をご希望ですか。テーマ・著者など自由にご記入ください。

ご購読、ご協力ありがとうございました。今後も弊社図書をご愛読ください。

純恵の日記

2011
02.03

手術のため、朝からパパと病院へ。

保証金を支払って、すぐに病室へ。ピンクを基調とした内装が、いかにも産婦人科らしい。点滴を打って手術までの待ち時間一時間半くらいを過ごした。パパと二人きり、色々な話をした。必死で私のことをリラックスさせようとしてくれて、嬉しかった。パパがいてくれると心強いし落ち着く。やっぱり家族なんだなと、今さらながらに思い、ちょっと安心した。

手術の時間になり手術室へ。麻酔(ますい)をした後はまるで宇宙空間にいる感覚になり、次に気がついた時には、また病室で寝ていた。本当に手術したのか？　というくらいあっけないもので、心配していたお腹の痛みもほんのちょっとしかなかった。

三時が過ぎた頃、パパはまぁちゃんを迎えに行くために、いったん病室をあとにした。

一人になって少し眠りについた。起きてしばらくしたら、看護師さんから、着替えて診察をしたら帰宅しても良いと言われた。診察をして、病室をあとにした。そして、パパたちと駅で落ち合い、お茶して帰宅した。

長いような、あっという間の一日だった。

せっかく来てくれた赤ちゃん、本当にごめんね。会いたかったよ。色々と落ち着いたら、もう一回戻ってきてね。もう一度、パパに赤ちゃんを抱っこさせてあげたいの。もう一度、赤ちゃんがいる幸福な時間を共有したいの。パパにはお姉ちゃんのまぁちゃんが赤ちゃんだった時の記憶が残っていないから。

2011
02.04

今日からしばらく幼稚園の送り迎えをすることになった。
娘には、ママは風邪でねと言っているが、いつもと少し違う雰囲気を感じているようだ。ママを気遣う娘の姿に心打たれる。
本当に生まれてきてくれてありがとうね。まぁちゃんがいなかったら今頃どうなっていただろうなと思うと怖い。

2011
02.08

引っ越しの準備でひたすら片づけ。
何かわからないものがたくさん出てくる。全部思い切って、この際捨てることにした。

純恵の日記

2011
02.04

明日はまぁちゃんの誕生日。何を食べに行こうかと話をするなかで、十一月二十二日の結婚記念日に行ったネパール料理屋さんでまた食べたいねと話したら、パパは何を食べたか全く覚えていなかった。二か月前のことだけれど、もう記憶から消えている。残念だな。流産して手術したことも、半年後には記憶から消えているのかな？

障害者手帳ができたとのお知らせが届いた。障害者ってとても寂(さみ)しい響きだけれど、実際に家族がそうなるとそうでもない。パパもこれで障害者の仲間入りをした。バスや携帯電話の基本料金が割引になる。お得なことだけを考えて、上手く利用しよう！

2011
02.09

リハビリに行って、少し身体を動かす。腰の痛みが少し和らいで、またリハビリへの意欲が湧(わ)いてきた。ここ最近日差しが春めいてきた感じがする。

障害者手帳が届いた。手帳を見た時、やっぱりちょっとショックだった。しかし、前に進むしかないよね！

2011
02.14

バンドのリハーサル。

曲数もだいぶこなせるようになってきた。あとは本番を意識した構成と展開を身体に叩き込んでいかないとな。やればできるもんだな。

しかし、まだまだ気は引き締めていかないと。

いつまた頭が真っ白になるかわからないしね。

2011
02.21

朝からスーパー忙しい。

ローカルな引越屋、聞いたことのない名前だったのでどうなるのかと思っていたが、予想を超えるプロ意識で段取りよくあっという間に移動完了。気持ちよく引越しさせていただきました。ありがとうございました。

2011
02.28

今日で二月も終わりか。早いな。

朝から一気に箱をばらして、なんとか人を迎えられる体制を作った。

午後から、予定どおりにライターの菊地さんが来訪。撮影をして、そのままバンドリハーサル。最近スタジオに行くのが楽しみ。新しいことにも、チャレンジ。

新しい曲ができるようになってきたら、脳が次の段階へ突入していくってドクターが言っていたけれど、最近それが何かわかるような気がする。

昔の曲達は、**身体に刻み込まれた記憶が自動演奏してくれる段階に入っているので、もう心配ないと思うよ。**

2011
03.01

やっと少し落ち着いて、新居を楽しめる感じになってきた。まず絵を描いてみた。

陽当たりがいいので、気持ちいいー。

新しいモノが生まれそうな予感。


ビジョンが見えたら、その波に乗っていこう！

2011
03.08

バンドのリハーサル。

スタジオに入るといつも良い刺激をみんなから受け取る。進歩している自分を実感できる。この時間が今は貴重に思える。前に進むこと。そのことを実感するだけで、心の不安を打ち消してくれる。

フジロックで、復活ライブを行うことが内定。迷うことなく、打ち込んでいきたいと思う。

2011
03.09

椎野さん、Aちゃんの結婚パーティーへ。

知り合いらしき人がたくさんいて、色々な人と話をしたがよく覚えておらず。

少し困ったりもしたけれど、こんな場所に出て来られるようになった自分にちょっと嬉しくもなった。いつ以来なんだろ、こんな場所に来るの？

結婚パーティーは、いつもハッピーなバイブスに満ち溢（あふ）れている。

お祝いでバンドのみんなで一曲演奏させてもらった。緊張したけれど、あっという間に終わった。

今日人前でやってみて、ちょっと自信がついた。

復活に向かう気持ちが強くなった。

2011 03.11

朝からトレーニングに行って帰ってきたら、地震発生。

でかい！

阪神大震災での体験が脳裏に蘇（よみがえ）ってきた！

外に飛び出し、近所の方々と顔を見合わせ、波打つ地面と家を眺めていた。真っ直ぐ立っていられない。

幼稚園にいる妻と娘の安否が心配でならない。

揺れが収まって、すぐに妻に電話したが繋がらず、テレビをつけると東北が大変なことになっている。

津波がきてのみ込まれている。

妻からメールが届いて一安心するも、余震が収まらず不安な時間を過ごす。家に一人でいる間、家族のことばかり考えていた。自分にそんな気持ちが芽生えていることが嬉しかった。父親なんだなー。

やがて妻、娘が帰宅し安堵（あんど）。それからは、テレビを見て情報を収集しつつ、仲間の安否確認を取る。

朝方まで、寝れず。


俺が家族を守るという気持ちだけが、自分を動かしていることに気づいた。

海の妖精

2011
03.18

震災から一週間の月日が流れ、やっと色々な状況が把握できてきました。

今、世の中には色々な情報が溢(あふ)れ混乱し、人の生き様が浮き彫りになってきているように思います。

救援活動を始める人、疎開する人、知らんぷりの人、文句をつぶやき続ける人など、本当にさまざまな人が今この世の中にはいます。

連日のように被災されたおじいちゃん、おばあちゃんたちの悲しむ姿が、メディアを通し伝わってきます。

戦後もしこの人達が頑張っていなければ、今の僕達は存在しなかったかもしれません。

さらに、僕達そしてこの地球を守るために、命懸けでミッションをこなしている勇士の姿に目頭が熱くなります。彼らの家族のことを考えると、心が痛みます。彼らにも、僕達にも同じように家族がいます。放射線の中に飛び込むことを、諸手(もろて)賛成で送り出す人なんかいないですよね。本当に申し訳ない気持ちになります。

僕も、自分にできることを見つけて、
少しでも勇気を送れるように頑張ります。

純恵の日記

2011
03.20

震災から九日が経った。悶々とした時間が続く。まるでパパが事故に遭ってしばらくした時と同じような感覚。前にも後ろにも進めない。試されているような時間。

被災者は耐えるしかない状況だと思う。今はただ受け入れがたい現実をどうやって受け入れるか、そんな日々かもしれない。

そして、首都圏に住んでいる私達もある意味、被災者だ。直接的な被害は受けていなくても、放射線汚染の恐怖に怯えている。まるで事故に遭ったパパを側で見守るしかできなかった私のようだ。

はっきり言って、最初は悲惨だった。長年連れ添った目の前にいる人は、多くの人が知っているGOMAではなかった。これからどうしよう。どうやって生きていこうか？　不安なことしか考えられない日々だった。

それでも一年五か月経った今、復帰しようと思えるところまできた。何度も悩み、幸せを感じ、その二つの気持ちを繰り返しながら今日まで過ごした。そういった時間を過ごす中でよく感じたことは、ありのままを受け入れるしかないということ。そして、その中で今日やれることをやっていく。その繰り返ししか自分にはできない。待つ時間は長過ぎるけれど、それでも時間が過ぎていくなかで救われることはとても多い。一日でも早く復興支援へ気持ちが向かって行ける日がくることを、今はただ祈ることしかできない。その時がきたら、日本の復興とともに私たち家族も頑張っていきたいと思う。

2011 03.25

久しぶりに、バンドのリハーサル。

スタジオでの話題は、やはり震災、原発問題で持ち切りだった。みんなの顔を見て安心した。

音楽って素晴らしいなと再確認したような気分になれた。緊迫した状況下にあっても、
音楽の力が衰(おとろ)えることはない。

みんなで一つの大きなエネルギーを作り出す。

音楽でないにしても、みんなが一つになることで、生みだされるエネルギーが今は最も求められているのかもしれない。

2011 03.27

ツーリストには、海外退避の指示が多くの国で出ているみたいだ。どこまで信じて動けば良いのだろうか。情報がありすぎて、混乱。新時代の落とし穴だな。

東京から離れる人はもうほとんど離れて、沖縄や九州まで行っているという話を聞いた。昔から原発反対を言っていた人達が動いているようだ。どこまで退避すれば本当はいいのだろうか。

そして、何よりこの島で生まれ育って、色んな人達に支えられて今日まで生きてこられた。だから、その恩返しの気持ちで、この島の緊急事態に、何か役に立てることはないかと、いまだ考え中だ。

何かに怯(おび)えて
逃げながら暮らすより、
どうせ生きるなら、

何か人を
勇気づけられるようなことをして
死ぬまで生きたい。

2011
03.28

バンドのリハーサル。
明日、バンドの復活に向けてのお披露目会を決行
することに。

今、僕にできること、
それに全身全霊を捧げるだけだ。

2011
03.29

お披露目ライブ。
一日中ずっと緊張していた。

2011
03.30

バンドのライブ、凄まじいエネルギーだった。

リハーサルでは、後ろからみんなのエネルギーを感じるだけだけれど、ライブだと前からお客さんのエネルギーも感じるから、前からと後ろからのエネルギーに挟まれて、昇天していく感覚。

これが、ライブか。

すごく緊張しっぱなしであまり覚えてないんだけれど、すごくエネルギーをもらった。次に向けて頑張っていこうと思う。

明日朝一から岐阜に行くので早めに就寝。

2011
03.31

岐阜の病院へ検査の結果を聞きにいく。

Ｉドクターから、より精密な検査をすると、もっと色々見えてくると言われていたが、ここまで見えてくるとは、思ってもいなかった。

思っていたよりも、脳のあちこちに傷が散らばっていた。

その細胞達は、二度と戻ることはないことも、再度聞かされた。

泣いてしまった。

けれど、希望は捨てずに生きていこうと思う。もう覚悟は決めたから。

純恵の日記

2011 03.31

岐阜の病院へ検査の結果を聞くために向かった。

東京からここまでくると原発の恐怖が随分と薄れてきた。空気が違う感じがする。

病院で一つ検査をして、その後三時間待って、検査結果を聞いた。すべての検査結果から、脳損傷の跡がみられた。

私はすごくスッキリしたけれど、パパにとってはとても残酷な結果だったようで、震えて泣いていた。

ただ、この一年半の経過をみてきたけれど、すごく回復したように思う。事故に遭う前のパパと、まだ一緒とは言えないけれど、たくさんのことができるようになった。新しい個性で、人からさらに愛されると思う。

記憶の景色

2011
04.09

なにげなく過ごした今日という時間。
もしかしたら、あの人にとっては
喉から手が出るほどに欲しかった
未来だったかもしれない。
あの人が望んだ、もう少しだけでも
生きたかった時間だったかもしれない。

僕が今日、絵を描いた一日。
それは、あの人にとって、
ありがとうの言葉を大切なあの人に
伝えたかった一日だったかもしれない。

生きていることに感謝して、
大切に時間を過ごしたいと思う。

2011
04.14

いい感じで、リハーサルができました。どんどん進化しているよと、みんなが言ってくれるのが励みになる。信じて頑張ろう！

レコーディングの話が出てきました。昔の曲達を録音し直して、ベスト盤みたいな感じはどうかという話。

今、僕にできることはこれしかないので、事故から今日までの結晶を記録しておきたいという思いはあるが、それでファンの人達が満足してくれるのかなーという疑問も同時に持ち合わせている。

ただ、GOMAは事故でもう終わったという言葉は絶対に言わせたくないので、前以上の演奏を必ずすることを約束したいと思う。

頑張れ！

2011
04.22

明日のライブに向けて、吹き続ける。

イメージを高めて膨らませる。

明日のライブが成功しますように。

2011
04.23

あいにくの雨模様。

お客さんは待っていてくれるだろうか?

そんな不安があったが、放射能の物質がまじっているかもしれない雨にもかかわらず、待ってくれていたみんなに感動した。福島に行っていた自衛隊の友人も非番で来てくれていた。現地の色んな話を聞いて、一層頑張ろうという気になった。

ライブの後、興奮してなかなか眠れない。明日もうまくいきますように。

2011
04.25

ライブ後の心地よい疲労感が身体に残っている。

疲れているけれど気持ちいいなー。

この感覚、忘れないでいたい。気持ちをゆっくり休めたい。

なんか懐かしい感じだ。

2011
04.28

リハビリ、トレーニング。

最近少し、右肩に痛みを感じる。左の麻痺(まひ)をかばいながらずっとトレーニングしているから、負担がきている感じがする。

頭もボーッとしているから、注意力、集中力が低下しているかな。

ちょっと息抜きが必要かもよ。

2011
05.02

堀口コーヒーに豆を買いに行ったつもりが、途中で目的を忘れて散髪して帰ってきた。

自転車をこいでいる途中に、脳内ですり替わったみたい。家に帰ってきて、妻に指摘されるまで気がつかずだった。情けない…。

今年のゴールデンウィークは、震災の影響もあってか、連休らしさがあまり感じられない。

震災から復活してきた人達が、社会に復帰できるようなベースをしっかりと維持することが大事だと思う。

これは、今の僕の状況だ。

復活するか否かは、結局のところ最後は自分次第なところはある。

周りがいくら準備立ててやってくれても、本人のやる気が失せている状態では、そこからは脱出できない。病院でもたくさん見てきた。

最後にすべてを動かすのは、自分の意志だ。絶対に忘れるな。

一日一日大切に生きよう。何かに怯(おび)えながら生きるなんて、まっぴらごめんだ。

2011
05.05

事故は、何時何処で誰に起こるのか本当にわからない。

事故の恐ろしさ、そして明日は我が身かもしれないということ、日々大切に生きることを、自分の体験を通して伝えて生きたい。

それが、事故から救われた僕の使命かもしれない。

2011
05.09

スペースシャワーネットワークで、番組を作るかもということで松江監督と、高根プロデューサーとミーティング。わざわざ家まで来ていただきました。

ありがたい話だけど、少し迷いもある。

作品が広がれば広がるほど、僕が障害を抱えてしまっていることを知る人が増えていくってことだ。そのことで、僕や家族に返ってくるフィードバックについて考える。事実、僕とまともに話してくれる人が少なくなった。色眼鏡で僕を観てくる。

ほんとは障害のことなんて誰にも知られたくない。今でも誰も僕の知らない場所に行って暮らす方が楽じゃないのかと考えることもある。

けれど、高根さんは、小学校の時にお兄さんを亡くしていて、その経験談を聞いて、この人なら近い目線で物事を考えることができるのかなと期待する。ハートの熱そうな人で良かった。

監督との話を詰めてからもう一度ミーティングをやるもよう。名前と顔を忘れないように。

2011
05.13

明日の浜松公演で、急遽少し絵を飾ることになったので絵を選んでみる。

今見ても、どうやって描いたのかわからない。不思議な絵達だ。しかし、ずっと見ていても嫌な気がしない。この気持ちでみんなを元気にさせてあげられたら最高だと思う。

いまだに絵を描きたい衝動は、抑えきれずに噴出してくる。脳が、欲しているのがわかる。こうして本能的に脳細胞を活性化させているように思える。人間の潜在能力は素晴らしい！

2011
05.14

浜松でライブ。

みんなすごく感動したと言ってくれた。嬉しい。

感動こそ、人を動かす原点だ。

みんなの心に、勇気が届いた手応え。

見覚えのある顔もパラパラ。

そのうち、脳がパズルを繋いでいくに違いない。

焦らず構えずにありのままを受け入れよう。

そしたら、自ずと道は繋がっていく。

歩き続けよう。イメージを忘れないように。

2011
05.19

午前中、スポーツジムで見知らぬおばさまにヨガ教えてと言われて、少しポーズを教える。気持ちよく筋が伸びる。僕がいつもやっているのを見てくれていて、声をかけて下さった。教えるって、いつもと違う回路が働いて脳にも気持ち良かった。

あと、フジロックでの復活ライブが情報解禁になった途端にメールがたくさん届いたよと嬉しそうに妻が教えてくれた。

フジロックって影響力あるんだなー。

どんな感じなんだろうか。万全のステージに向けてテンション上げていこう！

2011
05.20

今日で、父親が仕事を退職した。

六十七歳。

夜、お疲れさまでしたと電話した。母と二人で近所の焼き肉屋さんに行ってきたらしい。

親父は、口数が少ない。

育ててくれたことに感謝している。

そんなことも言えずに、電話を切った。
親父の定年退職、趣深いものを感じてしまう。
只々、長生きしてほしい。

2011
05.24

いつものリハビリ、演奏、絵の流れ。
充実した一日だった。この流れをこなせた日は、
何か安心する。

2011
05.25

絵を集中して描いた。
もうすぐ個展が始まるし、気分が高まってくるの
がわかる。描きたくてしょうがない。

2011
05.26

今日も引き続き描きまくる。
心を静めたい。この気持ちの高ぶりは何なんだろ
うか。空に向かって引っ張られるような感覚。

2011
05.29

家で、明日の個展設営に向けて準備。
まぁちゃんが、家でほったらかしにされているの
が少し心苦しいが、楽しく塗り絵や、折り紙で遊
んでいるからまぁいいか。
そのことについて尋ねたら、一緒に遊んでくれな
いと愚痴っていた。しかし、その怒り顔も愛おし
く思える。子供っていったい何？
どうやってここまで育ったのか、良く覚えていな
いけれど、他の人では感じることができない繋が

りを感じられる。これが、愛なのかな？

2011
05.30

東京の個展会場の設営。朝八時に家を出発。

どこにどの絵を飾るか？

思っていたようには、なかなかハマらない。実際、壁の色や、大きさのイメージとのギャップがあった。

みんなありがとう。ちょっと時間がかかったけれど、いい空間ができたと思います。

2011
06.01

いよいよ今日から個展が始まりました。

みんな喜んでくれるかな？　ドキドキです。

たくさんの人に元気を届けることができますように。

2011
06.02

個展は始まってはいるものの、明後日にある頂（いただき）フェスのライブに向けて吹き込む。

またいつ演奏できなくなるかわからないから、身体に叩き込まなければ。

不安が取り除かれるまで吹きまくった。

2011
06.03

今日も、明日からのライブに向けて吹きまくった。

こんだけやったんだから、もう何が起きても身体の記憶が助けてくれるよ。

安心して、ドーンといこうぜ。

2011
06.04

頂フェスに参加。事故後、初めてのフェス。

事故から一年半でようやく辿(たど)り着いた。

会場に着くまで、ずっとドキドキしていた。会場が近くなるにつれ、活気が出てくる。

到着して、会場の第一印象は、エネルギーの解放された空間だった。みんな各々に、好きなようにその場、空間を楽しんでいる。その空間演出の一つに音楽が存在しているようなイメージ。エネルギーに溢(あふ)れた空間だった。

以前この空間で何度かライブをしていたらしいが、どんなことをしたのか全くイメージできず。

しかし、今日の一本吹きは、緊張したなー。

野外で、演奏するってこんなに気持ちいいモノなんだなーって実感。明日のシークレットライブに向けて気持ちは高まったよ。

2011 06.05

今日はバンドメンバー全員揃(そろ)って、シークレット
復活ライブ。
エネルギー高めて一気に放出した。感動のあまり、
良く覚えていない。やり終えた今は、すごくいい
爽快(そうかい)感だ。
今日も泣いてしまったみたいだ。毎回もう泣かな
いと心に誓うのだけれど、そんなことさえ忘れて
しまうのが、今の僕だ。

しかし、逆に考えると、
毎回フレッシュな気持ちで
何事にも挑めるということだ。

いつも真摯(しんし)に前向きに受け止めて生きたいと思う。

みんな本当にありがとう。

2011 06.06

昼から、マネージャーの小川さんとミーティング。
今後、リキッドルームでの復活祭まで、どう上げ
ていくか。
純恵ちゃんと小川さんでシナリオが出来上がって
きている。
俺は、精一杯できることをやる。そのことで、た
くさんの勇気と元気を届けられるはずだから。
しかし、今日は身体が重い。頂(いただき)フェスの疲れがきて
いるね。ライブで、普段使ってない身体の使い方し
たんだな。大声出したみたいで、喉(のど)も枯れています。
ちょっと、身体を休めよう。

2011 06.07

ボーッと散歩したり、夢見たり。

2011
06.08

ライブのプレッシャーがあったのかな？
疲れが出て、身体が重い。
今週末も、個展記念イベントがあるので、体調を
そこに向けて整えていくように。
焦んなくても大丈夫だ。お前ならできる。
ゆっくり休む時は休め。

2011
06.09

個展会場へ。
こんな感じだったのかと感心。
色々あり過ぎて、いまいちどうやって飾ったのか
覚えてなかったので感動した。
来ていただいた方々も、喜んでくれるはずだ。
信じて頑張ろう。

2011
06.11

今日は、毎日放送「ちちんぷいぷい」のプロデューサーさん達が来訪。今日と明日みっちり同行していただく流れになったのだ。
明日の記憶展記念パーティーでも、いい映像が残せるといいな。映像は、本当に記憶のいい助けになる。フィルムを開発した人に感謝の意を伝えたい。事故からここまで辿り着くのに、どれだけ残された映像に助けられたか。過去を記録として残していくことに、どれだけの試行錯誤とドラマがあったのだろうか。
そこには、人の生と死が間違いなく絡み合っていると思う。

この幸せな一時を、
永遠に色褪(いろあ)せないものとして、
明日へ。そして未来へ。

2011
06.12
記憶展記念パーティー

2011
06.13

ロフトに上がる階段が倒れてきて、肋骨(ろっこつ)にヒビが入ってしまった。

息をするのも痛い。

しばらく嘆(なげ)きそう。

疲れが溜まってくると、いつも何か俺は怪我(けが)をしているらしい。集中力、注意力が低下するみたいだ。こうして強制的に神さまに休まされる。

焦(あせ)らずにじっくり生きましょう。

2011
06.16

痛みが少し治まった。

演奏してみる。痛いけれど、吹ける。

吹けたことに、安心感を覚えて深い眠りに入れた。

2011
06.25

個展会場へ。今日もたくさんの人が来場してくれて、心温まる一日となった。

少しでも、元気を届けられたでしょうか。少しでも気持ちが届いたならば、人生に価値を見出せます。本当に来て下さった皆さんありがとう。

まだ色々忘れているっぽいなー。

お話した人達に失礼はなかっただろうか？

忘れられていたら寂(さみ)しいだろうなー。きっと。

俺だったら寂しいもんな。

人の顔と名前くらい、ちゃんと引き出せるような作戦を考えたい。ひたすら写真を撮るか、何度も会うかしかないのかなー？

みんなに嫌な思いをさせないで生きられるようになりたい。

2011
06.26

今日も個展会場へ。
早い時間から、たくさんの人が駆けつけてくれた。
見覚えのある顔もパラパラ。誰だったけー？って
考えてわからなくて、話がうまくできなくて。
本当に記憶って大切だな。まともに会話できない
もんな。
いっそのこと開き直れたら、スムーズにコミュニ
ケーションとれるのかな？
すべてを流れに任せてみるか？
そのためには、
人を信じなければできない。
人をジャッジできる眼と心を持ちたい。すぐに忘
れるだろうと思って、近寄ってくるのかな？　そ
れだったら本当に寂しいよ。
どこまで強くなればいいのですか？
それとも、ただ適当に付き合えばいいだけなの？
いずれにせよ、そこは自分の居場所ではなさそう
だ。必ず、頑張って抜け出してやる。

2011
06.30

本当だったら、今日が個展の最終日だった。しか
し、七月三日まで延長することに。
週末には、たくさん人が訪れてくれる。本当に嬉
しい。
僕の活動を、待っていてくれた人が目の前にいる。
絵であろうが、音楽であろうが、すべて受け入れ
てくれているような雰囲気。
この人達がいる限り、絶対に諦（あきら）めず前進したいと
思う。

2011
07.01

久しぶりに、リハビリメニューをこなした。

最近急に暑くなったからか、身体がだるい。

しかし、どれだけしんどくてもトレーニングをするとやって良かったと思う。

季節の変わり目なのか、気を引き締めていこうと思う。

お昼から、購入していただいた絵を届けに千代田区のカフェへ行く。

また一枚、絵が旅にでた。嬉しくもあり、寂(さみ)しくもあり。この時期の記憶はほとんど残らないよとドクターからも言われている。わかっているけれど、**記憶の一部が切り取られていく**ような気分だ。いつまでも大切にしていただけたら嬉しく思う。

2011
07.03

記憶展第二章が終った。

寂しい。やっと、場所にもスタッフの方々にも馴染んできたのに。

来ていただいたたくさんの方々、本当にありがとうございました。これからも、絵は描き続けていくことと思います。この勢いで、大阪に繋ぎたいと思います。今日は、絵を描くのをお休みして眠りたいと思います。

雨ちゃん、撮影ありがとう。

ママ、まぁちゃん、いつもついてきてくれてありがとう。

お疲れさまでした。

2011
07.04

撤収日。壁から絵が外された。
寂しさが込み上がる。
次は何時この場所に来られるかわからないけれど、
その時までさよなら。そして、ありがとう。
必ずまた来るよ。いつまで覚えているのかわから
ないけれど、本当に貴重な時間をありがとう。

2011
07.07

今日は七夕。夜は、家族で短冊に願いを込めた。
フジロックでの復活ライブが成功して、
みんなをハッピーに導きたい。
今は、それだけだ。

2011
07.10

ゆっくり絵を描いた。
夏に描くと、夏らしい色になるねと妻に言われる。
自分では、いまひとつわからないが、言われると
そうかもなー。

2011
07.13

久しぶりにジムでトレーニング。一週間空いたか
な。
身体が重く感じる。ここ最近の猛暑日で、ダレて
いる感じ。
フジロックまで、しっかり身体を仕上げて挑みた
い。言い訳はできないよ。しっかりやることやら
なきゃ。みんな待っているよ。
頑張ろうぜ！

2011
07.15

ライブに向けて、今日もリハビリトレーニング。
人に会う度に、フジロックのライブはすごいことになりそうだねと言われる。
自分には、いまいちピンときていない。
フジロックは、そんなにすごい場所なのか？
自分の知らない世界を、知っているかのように語り語られていく様に最近疲れてきた。
もうしんどい。
この重圧から、解放されたい。
すべて投げ出して、過去の僕を知らない世界へ飛び出したい。
どうすれば、この苦しみから抜け出せますか？
どうすれば僕は、みんなと同じように生きられますか？
誰か教えて下さい。

純恵の日記

2011
07.16

まぁちゃんのフラダンスのレッスンから帰宅。

今日もパパはピリピリムード。そんなパパに私の我慢は限界だった。

アーティスト写真のラフがいまいちかもしれないという話から言い合いになり、デンジャラスGOMAに変身。仕事に復帰してからデンジャラスGOMAが出てくる回数が多くなってきた。

暴れるパパに私の手がヒット。左の顔が腫(は)れる。そして、パパは椅子を投げて扉に穴があいた。ステンレスの水切りザルも変形した。まぁちゃんが泣き叫び、私がオロオロしていると、パパは気を失うように寝始めた。

五時間ほど寝て起きてきたパパは、別人になっていた。左足を引きずり、舌足らずな話し方で、いかにも脳損傷障害者であった。

どうしよう?

何が起こったのかわからない。

明日までに治りますように。

2011
07.17

顔が腫(は)れて、左目周辺が内出血している。何じゃこの顔は。

一体何が起こった？

家で暴れたらしい。

自分の中から沸(わ)き上がるエネルギーをコントロールできない。

どうしたらいいんだろう。

とんでもないエネルギーが、噴出してくる。

溢(あふ)れる、どうしよう。

このままじゃ、みんなに迷惑掛けてしまう。誰にも頼らずに生きられるようになりたい。

もう疲れたよ。


電車とかで、たまに眼にする声高らかに歌う障害児達。

少しだけだけれど、身をもってわかった気がする。すごいエネルギーの塊(かたまり)なんだね。

自分では、抑えられないくらいの大きさのね。

純恵の日記

2011
07.17

パパは一日中ウトウト。大丈夫なのかな?

たまに起きてきても、舌足らずな声で話す。階段も座りながらでないと降りられない。左半身が麻痺(まひ)している。

もうフジロックも、個展も駄目だろうな…。

群馬の友人から、九月十八日のライブのチケットを発券したいと連絡があった。しかし、昨日から起こったことを素直に話して、発券を一週間待ってほしいと伝えた。

夕方、パパは空を観て泣きながら、「どうして、空はこんなにも毎日奇麗なんだろう? 毎日、毎日、この美しさは変わることがない。海と緑の見える街で暮らしたい」と言った。

あまりにも儚(はかな)げで小さくなってしまったパパを見て、私達はいつまで苦しまないといけないのだろうと途方に暮れた。

2011
07.18

左半身の痺（しび）れが、半端ない。
コントロール不能だ。
もうすぐ復活ライブだというのに。
やっちまったなー。
もう終ったよ。
みんなごめん。
今まで待っていてくれたみんなに申し訳ない。
僕の復活に、夢と希望を被せて待っていてくれたみんな。本当にごめん。
海の見える場所で静かに暮らしたい。
もうすべて終りにしたいんだ。
みんな本当にごめん。

純恵の日記

2011 07.18

三連休をこのまま暗い気持ちで終わらせるのはまぁちゃんに申し訳ないと考えて、お弁当を作って裏高尾に川遊びに出掛けた。

車から降りたパパの歩く姿を見て、フジロックは絶対に無理だと腹を括った。ライブどころか、まともに歩くことすらできていない。

川遊びは十五分で終了。

帰りの車でまぁちゃんが泣きだす。虫あみを川に忘れてきたようだ。泣き続ける姿を見て、パパの様子が急に変わってきた。

話し方のたどたどしさが減ってきて、話す内容がポジティブになる。

どうしたことか？

何が起こっているの？

「GOMAは俺だけのものではない。みんなの期待を背負っている。ここでフジロックを諦めるわけにはいかない。絶対に出演できるようにする」とまで言いだした。

「たぶん自分は普段無理をして頑張っている。だから色んなことができているけれど、身体も麻痺しているのが本来の実力だと思う」だって！

まぁちゃんが与えるパワーってすごいなー。私と話しても何の変化もないのに、まぁちゃんの一泣きで魔法がかかったかのように回復していくなんて。

まぁちゃん、今日もありがとう。

淡い海

2011
07.20

フジロックに向けてリハーサル。
いまだに足の痺れが抜けず状態でのリハーサルになってしまった。
メンバーみんなに心配させていないだろうか？
あと十日程で何とかできるだろうか。
気持ちのアップダウンに、ついていけない。
思いっきり頑張ってダメなら、諦めよう。
仕方ない。頑張らないままに諦めたら、絶対後悔することになると思う。

2011
07.27

妻の風邪が悪化。熱が出てきた。続いて娘も熱が出てきた。やばい。次は俺の番かな。

いや、そんな訳にはいかないよ。今、風邪を引いたら、ここまで頑張ってやってきた意味がなくなる。応援してくれているみんなの夢を背負っていることを忘れるな。
事故で苦しんでいる人
脳損傷で苦しんでいる人
震災で苦しんでいる人
たくさんの人が俺の復帰を夢見てる。その期待に応えたい。もう俺一人の身体じゃないよ。
本番まで気を引き締めていこう。絶対風邪には負けない。

2011
07.28

フジロックに向けて最終リハーサル。
演奏に関しては、もう問題なさそうだ。
後は、当日脳が正常に動いてくれることを願う。

ダメな時は、うんともすんとも言わないからなー。

期待に応えたい。


人生一番の博打だ。

脳が動いてくれますように。

2011
07.29

朝から最後のトレーニング。

昼からCDジャケットのミーティング。

夕方に帰宅して、吹きまくる。

その後、衣装に絵を描く。服に直接。ステージのイメージが、いまいち湧かなくて、自分で描いてしまおうということになりました。いい感じのモノが描けた。

もう何も思い残すことはない。こんだけやったんだから、絶対大丈夫。後は楽しむだけだね。どんなライブになろうとも、こんだけやってきたから後悔もしないよ。心から素直にそう思える自分がいる。こんなの初めてかも。


最高のステージになりますように。

2011
07.30

フジロックに向けて出発。

明日の演奏にピークを持っていけるように、食事の時間で調整していく。ライブの三時間前から食事をスタートすること。忘れないように。

苗場プリンスホテルに着いてからは、気持ちが高ぶってなかなか眠れない。アロマを使って気分を落ち着ける。

明日が最高の一日になりますように。


やるべきことは、すべてやった。

何も思い残すことはないよ。

2011
07.31

思いっきりはじけた。

最高の時間だった。

俺は生きている。

最高の仲間に囲まれて「今」生きている。

雨の中、あの場所で待っていてくれたみんな、本当にありがとう。やりきりました。

ここまで自分がどうやって過ごしてきたのか、いまいちよくわからないけれど、諦(あきら)めないで生きてきてよかった。

この身体に残っている筋肉痛が、最高の証だと思う。

支えてくれているみんな本当にありがとう。

みんなが、この場所まで僕を引き戻してくれたんだと思う。

これからは、人生二回目の挑戦者として、生きてさえいれば、そして希望を捨てなければ、必ずまたみんなと一緒に笑える日がくることを、人生を懸(か)けて証明していきたいと思う。

たくさんの人に希望とハッピーを届けたい。

第4章　この記憶だけは消えないで

2011.08.01 ～ 2012.11.23

2011
08.01

東京に帰って、早速ミーティング。

アイデアを詰めていく。イメージにいかに近づけられるか。どうすれば、伝わるのか。伝えるのか、伝わるのか？

その微妙に絶妙なバランスを探っていく。

今の僕の脳でちゃんと伝わるものができれば、他の人には伝わるはずだと思う。

松江監督、高根プロデューサーと映画の打ち合わせ。3D映画が現実的な話になってきたそうだ。本当に3Dでやるのだろうか？

どんなイメージが浮かんでいるのだろうか？

僕はいまだに全然イメージができない。しかし監督と話していると、あの笑顔にもっていかれる。なんだろ、質問することすら忘れちゃう。

次はもっと具体的なことを聞くように！

2011
08.02

フジロックから休む間もなく、大阪へ向けて出発。ちょっと身体が疲れ気味。プリウスに家族三人乗ってロングドライブ。ゆっくり休みながら楽しいドライブ。

復活ライブが無事に終わって妻も娘も、すごくリラックスしているのがよくわかる。僕だけじゃなく、家族みんなプレッシャーの中にいたんだなー。

大阪まで、妻に運転させっぱなしの自分が情けない。いつかまた必ず運転できるようになりたい。

2011
08.03

設営開始。パインブルックリン、素敵な場所だ。

天井が高く、開放感が溢（あふ）れる。

どこにどの絵を配置していくか迷う。

今日一日では設営すべて終らず、少し明日に持ち越すことになった。

2011
08.04

午前中に残った設営を済ませ、昼からレセプションパーティーの準備。パーティー前になんとか片付けが終わり、準備完了。

古くからの友人が集まってくれた。本当にありがとう。こうして再び大阪で、みんなと会えている今に感動。何回も泣きそうになったけれど、何とか堪(こら)えた。

妻のスピーチが上達したように思う。なんて、偉そうだな俺。

明日からいよいよ大阪記憶展が始まります。

気合い入れて、上げていこう！

2011
08.10

今日も懐かしい顔ぶれに会うことができて嬉しい一日だった。みんなを心配させていたんだと思うと、また一段と頑張らないといけないなという気持ちになった。

十代、二十代の若い世代の子達が、一生懸命アルバイトで稼いだお金でポストカードやCDを買って帰ってくれる。その光景を目にする度に泣けてくる。突然泣いてごめんねー。変に思わせてしまったかな？

会場で僕の顔を見るだけで泣いてくれる人もチラホラ。本当にありがとう。その涙は絶対無駄にはしないからね。これからの活動を楽しみにしていて下さい。

2011
08.14

いよいよ最終日。いつものようにガラス拭きから始める。掃除の途中からお客さんが来て下さった。今日はたくさん来て下さるような予感。気を引き締めて、お客さんに感謝したい。

最後まで、全速力。駆け込みラッシュ。サインに握手、みんなと繋がっていることを教えてくれる。この機会を与えてくれたみんなに、心から感謝します。いい疲労感。この感じもっと味わいたいよ。もっともっと頑張ります。

地元大阪、昔から応援してくれていた人達はほとんど来てくれたんじゃないかな。

マジで真剣に付き合ってくれている人と、そうでない人の区別がハッキリできましたよ。

本当にありがとう。早く恩返しできるように頑張ります。


個展って思った以上に、エネルギーを使っていたんだと実感。

2011
08.20

いまだに頭が良く回らない。力が入らない。

こういう時に無理すると、怪我（けが）をする。思っているより、麻痺（まひ）のあった左側が動いていないみたい。

いつもかなり意識して左側を動かしていることを再確認する。すぐに無理しちゃうから怪我をする。

もうわかってきた。この感じになったら、自分で制御して動いていこう。

大丈夫だぜ。何も心配は要らない。ちょっと休むだけ。

焦（あせ）るな。それが悪い癖でもあるよ。

2011
08.26

ジムでのリハビリ再開。しばらくできていなかったので、身体がなかなか動かしづらい。ゆっくりヨガで、身体の声を聞いていく。魂をあちこちに運んでくれてありがとう。そんな気持ちで身体を労(いたわ)る。

事故以来、このぬいぐるみを着てずっと生活しているように思えてならない。

2011
09.01

3D映画の製作に取り掛かる前に見てほしいと言われ、目黒の制作会社試写室へ。

映像が何層にもなっていて、それを使って過去と現在が同時に進行するような感じと松江監督が言っていたのが何となく理解できた。しかし、実際やってみないとどんなことになるのかわからない。しっかりした構成、3Dの使い方が監督の中で見えてから、僕達もミーティングに加わっていった方がいいかもと思ってしまいました。

その後、吉祥寺でライターの菊地さんのインタビュー。メンバー全員揃(そろ)ってのインタビューは初めてかも。

初めてのリハーサルからの流れを、僕の代わりにみんなが覚えてくれていた。聞いていたら、やっぱり当初は随分ひどかったんだなーと思う。笑える発言もたくさん残していた。今それを笑って聞けている自分にふと気がつき、嬉しくて進化した脳が愛おしくなった。

みんなと一緒に同じ時間を共有すると、**僕の過ごした時間が誰かの記憶に刻まれている。** 改めて実感しました。共有することの大切さを。

これからも、長い付き合い宜しくお願いします。

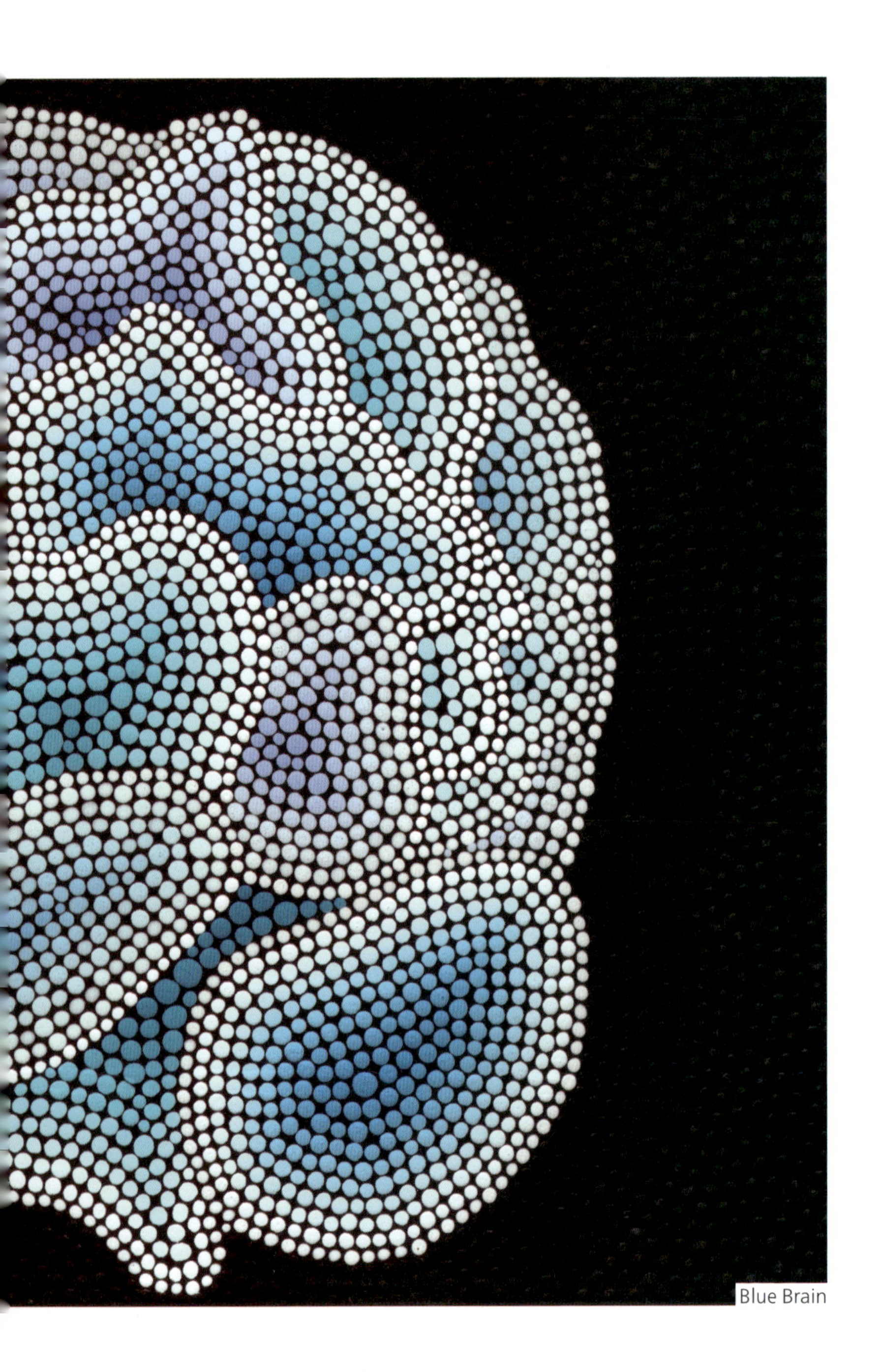
Blue Brain

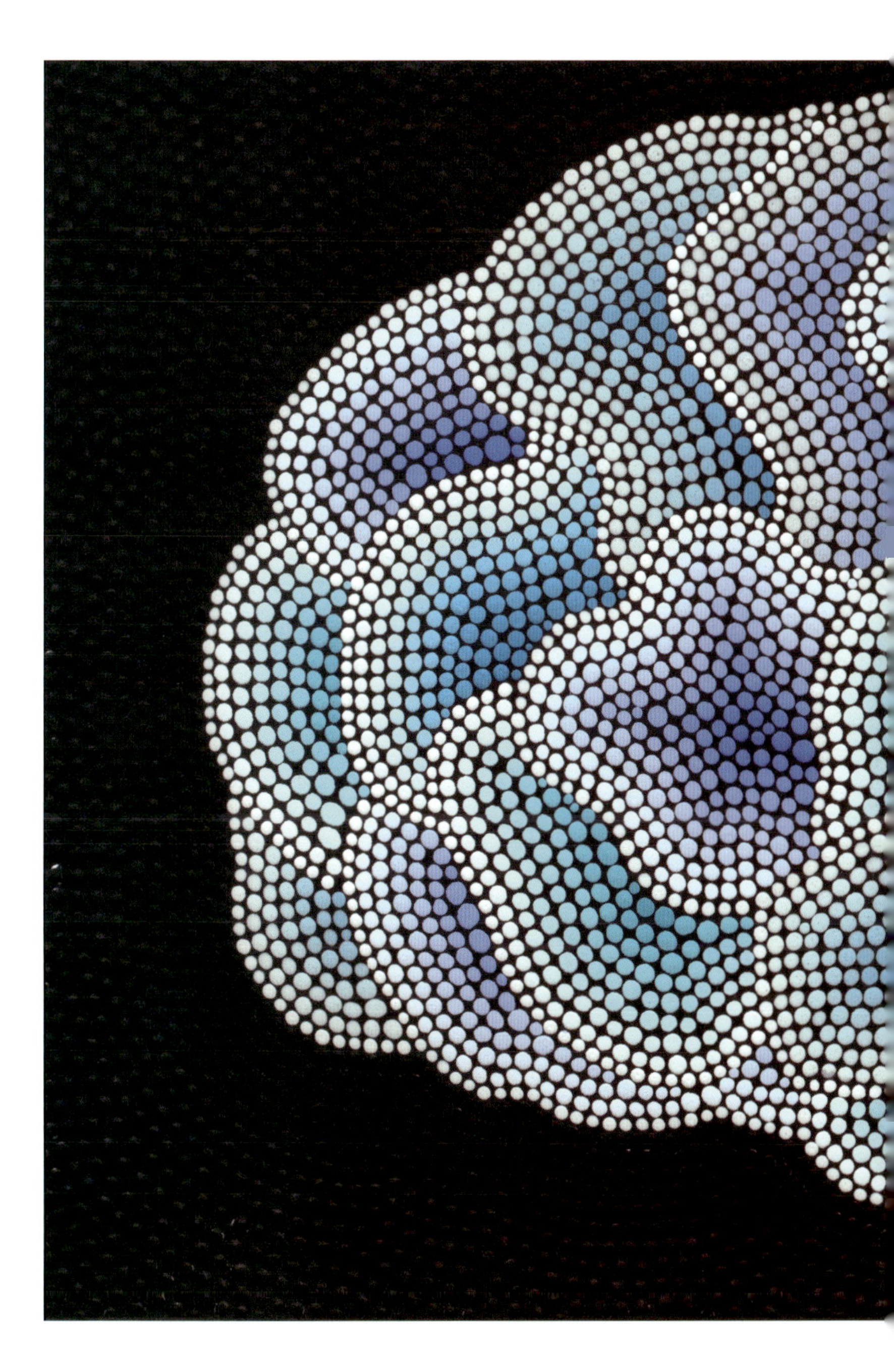

2011 09.05

リハーサル。今日は、コースケ君のスケジュールが合わず三人で音を出した。ツアーの曲順を考えてやってみた。

体力をもっとつけないと。ロングセットのライブなので、後半息切れしないように走り込みをしっかりすること。

みんな楽しみに待っているよ。


全開でみんなを楽しませましょう！

2011 09.07

久しぶりの海。日記を見返した限り、今年初の海かな。やっぱり最高だった。

フジロックでの復活ライブが成功するまでは、海に行く時間も惜しんで吹いていた。くすぶっていた気持ちが一気に解放された感じ。

来週も波あるかな。あれば行きたいなー。

2011 09.12

午前中は、いつものように身体を動かした。

昼から雑誌「GO OUT」のインタビュー。

その後、清宮君、マネージャーの小川さんとミーティング。

今後の取り組みについて、話し合っていたが、僕は会話にほとんどついていけなかった。

たまに聞き覚えのあるキーワードが出てきたら、食らいつく。そこから話を膨（ふく）らますことを試みたりしながら。

ちゃんと会話になっていたかな？

2011
09.13

ヨガ、ランニング、トレーニング、絵、演奏と完璧の流れ。この流れがクリアできると気持ちいい。

明日はアルバムのリリース日ということで、バタバタしている。しかし、気持ちは落ち着いている。目先の快楽に惑(まど)わされずに、その先にある大きな喜びへ。

必ず、報われる。この空の上ですべてが繫がっている気がするよ。みんな待っていてくれよ。

2011
09.14

昨年の日記を読んでいると、寒くなりだしてから身体の動きが悪くなるような感じに読み取れた。

前もって、身体をコントロールできるようになっていきたい。

2011
09.16

義父が、心不全で入院することになった。以前からその片鱗(へんりん)はあったらしい。

義父のことも心配だが、妻にさらなる負担がのしかかってきたことに気持ちが苦しい。できる限り自分でできることは、チャレンジしていきたいと思う。

しかし、そこで失敗してしまってさらなる負担を家族に掛けてしまうのではないかという思いもある。それならば、無理しない方がいいのか？　どうすればいいんだ？　教えてくれ。

考えて行きつくのは、やるしかないってところだ。やらないで悶々(もんもん)としているよりは、やった方が絶対にいい。

失敗を繰り返し
前に進んでいくしかないんだよ。
脳よ、もう少し速くシナプスを

増幅させてくれないか。

このままじゃ、家族がダウンしてしまうよ。頼む。もっと気合いを入れて取り組むからさ。心が苦しいよ。

夜に恵比寿のリキッドルームの下見に行く。リトルテンポのライブも見れたし、ちょっと元気をもらった。失敗を恐れず、**外に出て人と会い、話をすると気分が少し楽になることを知った。**

もう、社会へどんどん飛び出して行けよってことなのか？　そういうことですか？

2011
09.21

朝から自由が丘の整体で身体を整える。身体をきちんと管理し、テンションを上げていく。大切だよこれは。すぐに限界を超えてしまう僕には、なおさら大切だ。

テレビで、フジロックのライブが流れてすごい反響がきているという話を聞いた。人の記憶に残るようなライブができたのなら本望だ。

これからも全身全霊で何事にも挑んで生きたいと思う。

2011
09.25

義父のお見舞いへ。

思っていたよりも、元気そうで何よりだった。

孫は可愛いという笑顔が素敵だった。

やっぱり、笑顔は人を明るい気持ちにさせてくれる。

僕も、絶対に忘れないように生きていきたい。

万国共通の最高なコミュニケーションだと思う。

2011
09.29

六本木のスペースシャワーネットワークで、映画のミーティング。どんどん具体的な話が見えてきた。参考になる作品を見ながら、カメラワークの話を詰めていく。難しい話で、僕にはあまり理解できなかったが、3Dのカメラと普通のカメラでは撮影方法が全く違うらしい。監督は、生々しいカメラワークを期待しているみたいだ。撮影している人の息遣いが聞こえてきそうなやつ。

みんなに勇気を送れるような作品になれば嬉しい。どんな作品が出来上がるのか、楽しみだなー。

いよいよ明日は、最終リハーサル。

午前中のうちに、
身体と心を整えてツアーに挑もう！

2011
09.30

朝からツアーの成功を願ってイメージトレーニング。ヨガ、そして衣装に絵を描く。気持ちいい。

いいライブが迎えられそうだ。

午後から、最終リハーサル。今日はウッチーも参加。撮影で、TV局のプロデューサーさんも来てくれた。ビートに乗って、気持ちよく演奏できたよ。

一回通して終了。ついにここまできたかーって、一人感無量な感じになってしまったが、まだツアーは始まっていないのでグッと堪(こら)えた。

神さま、どうかみんなに喜んでいただけるようなステージになりますように。もうやり残したことはないです。清々(すがすが)しい緊張感ですよ。絶対に成功するから。大丈夫だよ。

みんな待っているよ！

思いっきりはじけようぜ！

2011 10.01

寝起きが心配だったので、我が家一番の早起きまぁちゃんに起こしてねと手紙を書いて寝たんだった。準備万端。朝九時にスタッフが我が家に集合。用賀でメンバーをピックアップして、いざ名古屋に向けて出発。緊張しないように、寝てみる。なかなか寝れないんだなー。ライブのイメトレしたり、日記用のメモを取ったり。気がつけば、名古屋到着。写真で見ていたTokuzoより、和風な空間だった。一気にサウンドチェック。ヨガで身体をほぐしながら、本番を待つ。またこのステージに戻って来られたんだなー。一気にステージに飛び出したよ。後は、もう言うことない。燃え尽きたよ名古屋、ありがとう。ホテルが会場から少し離れていたので、着いたらすぐ寝てしまった。

2011 10.02

大阪！ あっと言う間にまたサウンドチェック。事故前はずっとこんな生活をしていたんだな。ライブして移動して、またライブして移動して。そりゃ、娘もパパが家に居なかったから寂しかったと言うわな。なんて考えていたら、妻と娘が会場到着。

大阪、やっと帰って来たよ！ 気合い入りますわ！ 最初から、思いっきり吠えたよ。吠えたくなったよ。熱いね大阪。やっぱ最高や。

昔なじみの顔ぶれ。みんなに支えられて生きている。そのことを再確認させてもらえて、ありがとう。これからも熱く生きていきたいと思う。みんなの自慢になれるような人間になりたいと思う。本当にありがとう！

打ち上げも最高に楽しかった。またやろうね！

2011 10.04

身体がうまく動かない。夜食の後、体調を崩した。嘔吐(おうと)と下痢(げり)が激しく、明け方までトイレとベッドを行ったり来たりしていた。

やっぱ、ツアーに身体がビックリしたんだな。ゆっくり休めてあげたいと思う。

2011 10.05

今日は、インタビューの予定だったが、日程を変更していただいた。明日の映画撮影もあるので、今日で何とか体調を整えたい。

一日中ゆっくり横になっていた。

急に気候も寒くなって、冬の足音を感じる。

2011 10.06

映画の撮影。渋谷のライブハウスＷＷＷを貸し切って夜十一時頃まで撮影した。

３Ｄの映画になるため、特殊な機材を用いての撮影となった。３Ｄ合成用に、グリーンバックで演奏。

その後、ライブ感溢(あふ)れる感じのモノを二セット。

みんな遅い時間まで、付き合って演奏してくれて本当にありがとう。必ずいい作品になると思います。これから編集作業が、始まります。

どんな作品になっていくのかすごく楽しみだ。

ＷＷＷのステージ環境がすごく良かった。音がよく聞こえてすごく演奏がやりやすかった。

だから、何度でも力まずに演奏できたのかも。

いつかあそこでライブしたい気分です。

2011 10.12

マネージャーの小川さんとミーティングの後、リハーサルへ。

いつもとディジュリドゥの聞こえ方が違う気がする。不思議だ。流れはバッチリ身体が摑(つか)んでいる。安心してできるよ。後は、当日、脳の回線が途切れずにいてくれることを願う。


こればかりは、本当にどうしようもないんだけどね。

違う画像に意識をもっていかれないようにしないとね。一応忠告。

2011 10.16

恵比寿のリキッドルームで行われる復活祭の日。

朝から娘を近所の家に送り届けるはずが…洗濯物を取り入れようとした時に、腰を捻(ひね)ってしまい激痛に見舞われる。

安静にしばし集中できる時間を作る。家で張りつめた時間を過ごす。自力ですぐに治せそうな感じではないと悟り、整体師に電話して矯正してもらうことに。十一時にタクシーを飛ばして自由が丘へ。応急処置をしていただいて何とか動けるようにしていただいた。後は、本番までみっちりストレッチして祈るしかない。

そこでマネージャーの小川さんと合流して会場へ。

映像で見ていた、事故前の空間へ。


何とも言えない懐かしいような、フレッシュ感。


妻のバースデーケーキとお花の準備も万端です。

後はやるのみ。全身全霊でステージに上がるのみ。

それじゃ、行ってきます。

2011
10.17

昨日の余韻（よいん）が覚めやらぬまま。

得体の知れない幸福感に包まれている。

娘はいつものように朝から学校へ向かったかな？

身体に残ったこの痛みは、本物。昨日全力を出し切った証。身体は痛いけれど、心はすごく晴れやかだ。

今日は、ゆっくり休める。労（いたわ）りたい。

みんな本当にありがとう。

2011
10.18

今日も身体の痛みが消えていない。

最高のライブだったに違いない。

2011
10.21

朝から、いつものトレーニングメニュー。寒さと共に身体が固くなってきて、左足がいうことを聞いてくれなくなってきている。何か嫌な感じ。

日記を読み返すと、これから冬に向けて体調管理をしっかりしていくことを促してくれている。

少し早いが、ビックカメラにストーブを買いに行った。これでいつでも温めてあげられる。危機管理で早めの一手。

日記役に立つなー。

こんな役立ち方をするとは思ってもいなかったよ。

明日から、新潟。寒そー。けれど同じ寒いならいっそのこと、雪が降ってほしい。そうしたら、娘に雪を、雪だるまを見せてあげられる。降ったらいいなー。

2011
10.23

新潟のイベント。本番は、雨。その中でも、待っていてくれている人がいる。その景色に感動。全力で演奏させていただきました。喜んでくれたかな？

2011
10.24

案の定、ライブの疲労がでている。日記を読み返すと、ライブの後、家に帰って来たら必ずこの感じになっている。これからは、こうなることを先に見越して予定を組んでいこう。

2011
10.25

朝、娘を学校に見送ってから、ずっと絵を描いていた。しばらくライブもないから、絵と身体作りに集中できると思うと嬉しい。

赤富士が完成した。

もっと描きたいけれど、今日はこれくらいにして寝ます。明日また続きをやろう。

2011
10.28

昨日の続きの絵を描く。

記憶力が、少しずつ戻ってきている気がすると妻に言われた。嬉しかった！

けれど、その後、色んなハプニングがいまだにたくさんやけどねとも言われる。自分では良くわからんのよね。けれど、とにかく嬉しいよ！

このペースで頑張ろう。

確実に脳に作用していると思う。

2011
10.30

朝方まで絵を描いていたので、起床時間が遅くなった。しかし、最近なんでこんなに絵を描きたいのだろうか？

昨日完成した絵は、新しい感じ。一つのスタイルというか、完成型が頭に見えてきている。統一感あるこの感じのイメージが、やたら浮かんでくる。これもすべて何処かで見たことのある景色なんだろうか？　描きだすとまた何か見えてくるのかな？　今は、まだわからない。とにかく、描き続けたいと思う。

2011
11.01

いつものメニューを午前中にこなしてから絵を描く。絵の描き過ぎか、背中が痛い。やり過ぎる前に、身体からのメッセージを直感的に聞こう。リミッターが効かなくなっている俺の脳には、この感覚がとても大事だと思うよ。信号感じたよ、今夜。明日は、無理しない方がいいかもよ。

2011
11.06

まぁちゃんのフラダンス発表会。上手に踊れている姿を見て、感動しました。この先続けるのか、違うことを始めるのか？　彼女の人生に大きく影響するであろう決断の時にきていると思う。

本当に好きなのか否か見ていてわからないのが本音。家で練習する姿も見たことないし。そんなことまだ気にする年齢じゃないのかも知れないし。

小学校一年生って、どんな感じだったかな？

もう少し、様子見た方がいいのかな？

そんな話から、妻と言い合いになった。

日頃から
自分に引け目を感じている僕は、
あまり強く意見を主張したくない。
これでいいのかな？　わからない。
その光景を見ていた娘は、号泣したままベッドに潜り込んで眠りについた。心が苦しいよ。
ごめん。
神さまどうか許して下さい。自分の人生と引き換えに、彼女の未来だけは、明るいものにしてあげて下さい。宜しくお願いします。

2011
11.07

昼食後、新宿の世界堂へ一人で出かけるチャレンジをしてみた。

しかし、辿（たど）り着けなかった。

理由は、新宿ではＧＰＳ機能がちゃんと作動してくれなかった。反応が鈍く、密集地帯はあまり意味がないことが判明。何処にいるのかわからなくなってしまって、危うく迷子になりそうだった。

そして、僕は帰路についた。情けない。iPhone頼りになり過ぎているかな。もう一回機会を見つけて、チャレンジしよう。

絶対できるよ。

2011
11.08

今日はいつもと違うローテーションを試してみた。

夕方に、多摩川をランニングしてみた。

いつもと違う景色が見られたし、違う身体、脳の動きがあったように思う。うまく言えないけれど。

たまにいつもと違うローテーションをすることで、違う刺激が脳に伝わった気がするよ。

明日は、久しぶりの海。早めに就寝することにした。

2011
11.09

朝六時前に起きてヨガをして、七時四十五分の電車で藤沢のサーフショップへ向かった。

天気は快晴。水温が少しひんやりと感じたけれど、気持ち良かった。

家に帰ると、親から僕のフォトアルバムがどっさり送られてきた。映画で松江監督が使いたいとのことで、送ってもらった。生まれた日からのことを、じっくりこうして振り返るのは初めてだと思う。

何かすごく貴重なバイブルを見開いていくような感覚だった。自分の成長の記録はもちろん気になるところだが、それよりも両親や祖父母の顔の移り変わりに目を奪われた。僕の記憶に残っている両親の若かりし頃より、もっと時間を遡(さかのぼ)っていくと、そこには想像の世界が広がっていた。

僕が生まれてから、両親の顔がどんどん大人っぽくというか、親としての責任感ある顔に変化していく様が、今の自分を見ているようで不思議な感覚だった。

そして今僕も、娘を育てながら同じような道を辿(たど)っている。その写真のアルバムは、小学校の卒業と同時に途切れた。それは僕の反抗期と共に、訪れたんだと思う。何にそんなに反発していたんだろうか？　今思えば、もっと仲良くたくさん写真を残しとけば良かったなって思う。心配かけたやろなって思うとちょっと申し訳ない気分になった。苦労かけてばかりでごめん。

このタイミングでアルバムを見返せて、親に感謝の気持ちを持てたことを嬉しく思う。

僕もできるだけ多くの記録を残せるように努力したいと思う。

2011
11.12

家で絵に集中。とにかく絵が楽しい今日この頃。

身体の痛みさえなければ、もっとずっと描いていたい。

2011
11.14

朝から脳の動きが良くない。こんな時は、しばらく何もせずに細胞が動きだすのを待つ。動けそうな気配になってきたら、ちょっと無理して身体を動かしてみる。いつもトレーニングやジムに行く前は気が重い。

けれど、**少々無理してでも、身体を動かすといつもやって良かったと思えているこ**とがわかってきた。

身体を動かすことで脳へ刺激を与え、細胞を活性化して、シナプスを増幅させる。何となく見えてきた一連の流れ。このまま続けたい。

2011
11.19

朝から一日中雨。車を運転することができなくなっている僕は、何処にも行けない。こんな日は籠（かご）の中の鳥のような気分だ。

誰かに会って、話をしてみたい。何も気負わず会ってみたい。

記憶の安定感がもう少し出てくれたならば…。そんな日を待ち続けて、早二年が経とうとしている。待っていても仕方ないのか？会ったことを忘れてしまったら、失礼な奴だと思われるんじゃないのかな？　どうなんだろ？そこのところ誰か教えて下さい。そんな日を待ち続けることも、そろそろ限界が近づいてきている。

そんな思いも振り切って、外に飛び出せというこ
となのかな?
事故のことが広まれば広まるほどに、真っ直ぐに僕と接してくれる人がいなくなってきている。本音を聞かせて欲しいんだ。
僕の何処が変わったんだい?

2011 11.20

インド風のカレーとナンが食べたくなって、和泉多摩川のカレー屋さんに行ってきた。

まぁちゃんが風邪引いたみたいで、後は家でゆっくり日曜日を過ごした。

こんな時間の使い方をしていていいのかな?

ろくに仕事もできていないのに。考え始めると迷宮入り。今は、どんどん頭にあるイメージを描き出していく時期のような気がするよ。


思考にのまれるな。

直感を信じて、努力し続けよう。

必ず闇は晴れていくよ。

2011 11.24

松江監督、高根プロデューサー達とミーティング。

ラフの状況を見させていただいた。どんどん引き込まれていく。流石(さすが)だなー。

見終わって家に帰ってきたけれど、どうしても一曲目が長く感じられたのが気になる。ラフということなので、言わなかったというか言えなかったがここまで印象に残ることもあまりないので、明日伝えてみよう。

2011
11.27

朝から左足が全然言うことを聞かない。

なんかまずい感じがする。


昨年の日記を見直す。


やっぱり寒さと共に、身体が動きづらくなっていくことが書き記してある。寒さと脳の関係ってあるのかな？　ただでさえ低い血流がさらに滞るのだろうか？

無理をせず夕方まで過ごしたが、良くなる気配がない。怖い。

2011
11.30

昼からマネージャーの小川さんとミーティング。

今年のライブの清算。一つひとつのライブを振り返りながら、妻と話を詰めていく。僕は、隣で相槌を打つのが精一杯。思い出せないことは、仕方がないか。もう割り切って、話に参加していくスタイルでいった方がいいのかも。

外に出て、色んな話をしてみたい。みんな話してくれるかな？　変に気を遣わせてしまわないだろうか？　そんなことばかり考えてしまう。

だから、なかなか外に出て行く踏ん切りがつかないでいる。


そんな自分がちっぽけに思えてきた。


なんだろう？　この気持ちは？

まだいまいち飲み込めていないけれど、次の段階への後押しの波が、自分の中で込み上げている。

もう溢れるのも間近。


そろそろ行ってみようよ。

外のみんなが居る世界へ。

2011 12.01

最近朝にヨガをやった日と、やらなかった日の体調が大きく違うことに気がついた。後遺症の痛みを抜くために、ずっと家にあったヨガの本を見よう見まねで続けている。

今では、やらない日は明らかに脳の血流も身体の感覚も全然違うように思えている。

ちゃんと、ヨガを勉強してこの良さを他の人にも教えてあげたいなーって最近漠然（ばくぜん）と考えだしている。しかし、何処に勉強に行くのがベストなのかな？　ちょっと調べてみよう。

人の役に立つことをやりたい。

2011 12.07

今日はいい天気。

朝のヨガから始まって、ランニング、トレーニング、絵、演奏のパーフェクトの流れ。

高根プロデューサーから届いた映画のラフを見て、誤字脱字を妻とチェック。いい映画になりそう。

二人の日記がいいねーなんて、妻と話し合った。

ただ、やっぱり最初と最後の演奏のシーンがどうしても長く感じてしまう。

ディジュリドゥは、特にメロディがある訳じゃないし、言葉でもないので会場で生のバイブレーションを感じてもらわないといまいち何だかよくわからない。演奏している本人が言うのも変な話なんだけど。

人の映像を見ているみたいで、すごく客観的に映像を見ている自分に驚く。

多くの人に元気が送れるように、できるだけわかりやすいというか、伝わりやすい作品になればいいなと思う。

2011
12.09

朝からスペースシャワーネットワークでミーティング。

もっと伝わるようにみんなの願いを詰めていく。僕のことを全く知らない人が観ても楽しめるようになればいいな。松江監督のアイデアはブレない。それにいつ会っても笑顔が最高な人だ。

高根プロデューサーのタイムキープに感心する。みんなをまとめ上げて、引っ張っていく。

松江監督と編集の今井さんがイメージより痩せたように思えた。追い込んで作業してくれているんだろうな。僕らが、会議室を去った後も打ち合わせが続けられるみたいだった。本当にご苦労さまです。出来上がりが楽しみだ。

今日、久しぶりに映像を見たけれど、やっぱりどこか他人のフィルムを観ているような感覚になってしまった。

僕は、ここに映っている自分を思い出せない。十月に行ったこのライブさえも。

ここに映っている過去の僕は、今日の僕を想像できただろうか？

こんなことになって何度も人生を諦めかけたけれど、過去の君が残してきた言葉や想いに触れ、もう一度挑戦する勇気を受け取った未来の僕がここにいることを。


未来の僕へ、今日も笑顔でおもいっきり楽しんでいるかい？

瞑想

2011 12.11

明日からいよいよ通うことになったヨガスクールに向けて、地図を見たりして段取りをイメージする。緊張している。

明日は朝四時起床。寝坊しないか心配。

2011 12.12

朝、ちゃんと起きれたよ。というか、ドキドキして眠れなかった。

真っ暗の中、サイクリングで二子玉川まで。車も人も全然いなくて気持ちよかった。

朝のヨガのマイソールクラス、充実した時間だった。朝の六時半にスタジオにくるような人は、みんな真剣でいい。

スーリヤナマスカーラ*からの流れが全然わかっていなかったので、隣の人を見よう見まねでやってみる。アシュタンガヨガ、結構ハード。思うようにできない歯痒さが残る。続けて通いたい気持ちになった。

家に帰ってからも、疲れ果てるまで今日のおさらいを一日中やりこんだ。何度も繰り返し、身体に叩き込むしか方法がないのはわかっているから。

明日も、何とか記憶に残っていますように。

覚えの悪さに、愛想尽かされないだろうか？

みんなの気分を害したりしないだろうか？

全力で頑張ることを誓いますから、身体の記憶の力を目覚めさせて下さい。

宜しくお願いします。


*＝ヨガの代表的なアサナ（ポーズ）の一つである太陽礼拝法

2011
12.13

今日も朝一で、渋谷のスタジオに向かった。

昨日、練習をやり過ぎて、足が筋肉痛だ。アサナの流れは、案の定よくわからなくなっている。仕方ないか…。また一から身体に叩き込んでいくぜという意気込みでスタジオに向かったが場についていけず、早めに切り上げて帰らざるをえない状況になった。

スタンディングをまず完璧に覚えるようにと言われた。悔（くや）しくて、家に帰って昨日買った本を見ながら何度も復習した。

後遺症のことを、スタジオのみんなにもいつか話さないといけなくなるのかな？

できるところまで、頑張って身体に叩き込んで、普通の人として接したいし、接してもらいたい。

2011
12.15

今までに味わったことのないような、筋肉痛になっている。ヨガの成果が身体に早速現れているんだと思う。これを通り越したら、新しい身体を手に入れることができそうな気がしてならない。

今日は、少し身体の記憶が働き出しているのに気づいた。この兆（きざ）しが見えてきたら、後はやるのみ。

昼から、J君の事務所に絵の配達。他の時間は、ずっとヨガの練習をひたすら続けた。

明日も頑張れ！

2011
12.24

無事にライブ終了。ライブ終了後に、リトルテンポの先輩方から、サプライズの花束をいただいた。びっくりしたのと、嬉しくて感動したので泣いてしまった。みんなに支えられて生きているんだなーって。人は、みんな繋がっている。孤独に感じることもあるけれど、結局みんな同じ方向へ歩き続けているんだな。

生まれる場所も、環(かえ)る場所も同じ。結局は、みんな同じさ。呼吸している間、有意義にいかに過ごすかだね。辛気(しんき)くさいことを考えていても、時間がもったいないだけだよ。だから笑顔で楽しんで生きよう。

2012 01.01

いよいよ新しい年が始まった。何かいいことが始まりそうな予感。しかし、現実は特に変わりはない。絵を描いて、吹いて、ヨガして、トレーニングしてランニングして、リハビリを限界まで繰り返していく。

大切に一日一日過ごして生きたいと思う。

今年も必ず昨年を上回る活動をして、みんなに元気を届け続けたい。そのためにも、まだしばらく地道に後遺症と向かい合うこと。

逃げ口を考えないこと。

逃げたら、二度と戻れない。

時は刻一刻と過ぎて行く。同じ時間をいかに有意義に過ごせるか。後悔のないように全力で日々挑んで生きたい。

皆さま、今年も宜しくお願い致します。

2012 01.02

初詣。まず最初に向かったのは、ずっと気になっていた水子ちゃんのお参り。流産してから、ちゃんと供養(くよう)に行けていなかったからね。

水子ちゃんを供養しているお寺へ。

ちゃんとこの世界へ連れて来てあげられなくてごめんね。パパがこんな状況だから、ママに負担が大きかったんだと思う。本当にごめんね。

本当はすごく会いたかったよ。いつか会える日を楽しみにしているからね。

まぁちゃんのこと、見守ってあげてね。

2012 01.08

松江監督とトークショー。

渋谷の映画館で「トーキョードリフター」を観賞後、感想等聞かれる。すでにあんまりよく覚えてないんだけれど…って感じやったけれど。

ネガティブなモノでも撮った瞬間に映画ってポジティブなモノになるっていう松江監督の言葉と、ドリフターの歌が印象的。

今の僕の脳に残る言葉や場面って、よっぽどインパクトのあるものなんだと思う。逆に考えると、今の僕の脳にでもしっかりと印象づけられるモノを創っていけばいいのか。

今日は妻と娘が同行して、映画館まで連れて行ってくれたけれど、今度から一人で行けるようになりたい。なるべく二人への負担を軽くしたい。

早めの時間に下見に行くとかしたら、大丈夫じゃないかな。特に渋谷は、ヨガでちょくちょく行っているから行けそうな気がする。

初めてのトークライブ、緊張しましたが、あっという間に終った感じだった。


みんな楽しんでくれたかな?

ちょっと気掛かり。

2012
01.16

朝四時起床。身体が寒さに少し馴染んできた感じだったので、そのままヨガスタジオへ向かった。やっぱり、行くと脳の動きがいい気がする。身体の痛みも抜ける。

道具もマットだけで何も要らないし、この体験を色んな人とシェアできればいいなーなんて考えている。いつか資格を取ってみんなの痛みを少しでも楽にしてあげたいな。

テレビバージョンの「フラッシュバックメモリーズ」が完成したらしい。オンエアーが楽しみだ。

2012
01.20

雪。今年初かな。

雪があまりにも奇麗で、朝のヨガもお休みした。


今日は、マブとミーティング。

将来的に考えている、スクールのアシスタントを彼にやってみないかという話を、前回会った時に持ちかけた。やりたいという返事だったので、細かい企画のアイデアを次回会う時に詰める話をした。

僕の世界観を次の世代に残したい。

事故以来、漠然と考えていた。

もし、あのままこの世を去っていたら、今僕が持っている技術や、知識、感性等はどうなっていたのだろうか？

誰にも引き継がれることなく、徐々に消滅したのかな。この感覚は、事故前の僕にはなかったものだと思う。

また新しい挑戦が始まろうとしている。

2012
01.21

今日は、三十九歳の誕生日。妻と娘がケーキを焼いてくれた。今日は大寒に相応しい気候。雨、雪まじりで、しびれる寒さです。家族団欒のほっこりした一日。こんな幸せな時間は、いつまで続くのか？　それも自分次第。気合いを入れ直して、大切に一日一日を過ごしたいと思う。

今年の課題は、人に会うこと。記憶に自信をなくして、今まで怖くてあまり人に会いに行こうという気持ちになれなかった。もう少し脳が回復したら、もう少しだけ回復したらと言い訳を作って、人に会うことを避け続けてきた。そんな自分にもうウンザリだ。この脳で生きていく覚悟を、もっと深いところで決める時がきたように思う。じゃないと、応援してくれている家族や仲間に申し訳ない。人に会うたびに失礼なことを言っていないか？　この記憶はいつ頃の記憶？　この人は僕のどこまでを知っている人？　そんなネガティブなことばかり考えてしまい、後ずさりする自分がいる。今でも。けれど、もうそんなこと言っていられない。

事故前に、家を買おうと思ってしていた貯金も、底を突いてきたらしい。生きるか死ぬか、ギリギリのところまで来てしまったよ。こんなこと、未来の僕には伝えたくなかったけれど、もうこれしか方法はない。落胆しないで読んでほしい。君には、応援してくれる仲間がたくさんいるよ。これ以上、もう恐れるものは何もない。だから、どうか外に飛び出してくれ。待っている仲間がたくさんいるはずだから。自分から動き出さないと、誰も何も動きやしない。**自分の力を信じてくれ。絶対に大丈夫だから。**僕を信じてほしい。

雪

2012
01.22

今日は、ダラダラと過ごしていた。

夜に妻とケンカした。原因は、僕のダラダラだ。

どうやってこれから生きていけばいいのだろうか？　そんなことばかり考えてしまう。

どうすればいいのか？

今の僕にできること、家族を幸せにできることはなんですか？

最近怒られてばかりいるような気がする。頑張りが足りないからかな？

ちょっと頑張ることに疲れたかなー。どこまで、いつまで頑張り続けなければいけないのかな？

見えない未来。曇(くも)った眼差(まなざ)し。

どうしたのかな？

2012
01.23

今日もまだ雨。気が重い。低気圧のせいかなー。

気分が乗らないけれど、机に座って絵を描いてみる。

ダラダラ過ごすより、未来の僕は喜ぶはず。確実に今を積み重ねて生きる。ダラけて過ごすも、創造するも、リハビリするも、すべて自分次第。

どんな未来へ繋げていくのかも、
自分次第だ。

明日の自分が喜んでくれることを、今やる。

明るい未来のために。

2012
01.26

朝ヨガの後、昼から久しぶりのリハーサル。

今年初か。
書き初めならぬ、吹き初め。

自己練習を積み重ねてきた新曲のイメージを摑むために、色々試しながらあっという間の四時間。いつか新曲を、完成させたい。繰り返すしかない。失敗を恐れず、敬意を忘れず、歩み続けるしかない。

リハーサル後、
みんなで眺めた星空が奇麗だった。

2012
01.28

今日は、スクール開催に向けてのミーティング。マブを、家に迎えてアイデアを出していく。

今のディジュリドゥの流行話なんかも聞きながら、自分が吹きはじめた頃の記憶とすり合わせる。僕が吹きはじめた頃は、参考にできるCDもないような状況で始めたから、現在のインターネットでなんでも検索できる環境とは全然違うなーって感じた。

たくさんありすぎる情報の中から、何を選ぶか、何が自分の能力を引き出してくれるのか、それをジャッジできる能力を育てないとダメだと思う。自分の直感を信じる力というのかな？
目標を持つことも、持たせてあげることも大切だ。

僕自信が目標となれるような
人間になること。

そのためにも、頑張って前に進み続けるしかない。脳トレ、リハビリも続けつつ次の世代のために、思いっきり楽しんでいこう！

2012
01.29

スクール用のガイドとなるフレーズの組み立て。自分には簡単に思えるフレーズでも、他人には難しかったりすることがわかった。楽しんでできるプログラム作りが肝心だ。

初級、中級、アドバンスの三クラスに分けてレッスンを行うようにする。初級は初心者。中級は様々なテクニック。アドバンスはステージを目標にしたクラス。

次回は、誰か友達を呼んで、実際に教えてみよう。それでちゃんと吹けるようにできるかどうか、やってみよう。

この二日間、今までと違う頭の回路を使った気がする。脳がボーッとしています。

娘が風邪っぽい。

2012
01.30

娘の風邪がうつったみたい。

これ以上悪化しないでほしい。

2012
02.02

風邪の山を越えた。

午前中にジムに行く。今月いっぱいで退会の申請をした。少しでも節約するために、ジムでのリハビリを諦(あきら)めることにした。寂(さみ)しい気もするけれど、仕方がない。

自分一人でも、また以前のように仕事ができるようになるまで、しばらくの間さようなら。

これからは、ヨガとランニングにしぼって、身体のメンテナンスを続けたい。

2012 02.04

料理が脳のリハビリにいいという話を聞いて、試しにやってみる。

脳が普段使っていない回路を、使い出した。あっちにいったり、こっちにいったり。これいいかも。お味噌汁が上手にできましたよ。また機会があれば、どんどんチャレンジしていこう。

2012 02.08

マネージャーの小川さん、ソネッチとミーティング。

今年の音楽関係の動きをどうするか？映画と本の出版のタイミングで、何をするのかは、まだ見えていないけれど何かしらアクションを起こしたほうがいいねという話になった。

昨年のリキッドルームでの復活祭をリリースするのはどうかという提案もあったけれど、なぜか僕的にはしっくりこなかった。同じ曲ばかりリリースしてもなーって想いが浮かんだ。古い曲しか演奏できない自分と、対面して苦しむ姿が脳に映しだされていた。一日も早く、新しい曲を、演奏できるように頑張りますから、もう少し時間をください。

後は、ソロライブ活動を強化していくのが、今年の課題だ。やるしかないね。


僕には、守らなければいけない家族や仲間がいるんだ。

2012 02.12

気が緩むととてつもない不安が襲ってくる。どうやって生きていこうか、どうすれば養っていけるのか、僕に掛かっていることだけは確かだ。

人には所詮(しょせん)他人事。

脳に奇跡を起こすしか方法はない。

必ず起こしてやる。

2012
02.13

A会社にて、ミーティング。サポートしていただくことはできないかという相談をもちかけた。いいかたちでみんなと繋がれるようになるといいな。

2012
02.26

スクールのミーティング。

今日は、国本君にモニターに来てもらった。なかなか伝わりにくい言葉の壁を感じてしまう。

循環呼吸ができるかできないかが、大きな壁。

そこを越えることができれば、どんどん楽しくなってくるはずだから。

どうすれば伝わりやすいのか？ もう少し試行錯誤が必要だ。来てくれた人が、また行きたいと思ってくれるようなスタイルを生み出したい。もう少しモニターのデータを集めよう。

2012
02.28

久しぶりに朝のマイソール。身体の動きは悪かったけれど、気持ちよかった。

午後から、A会社の人事部の方と面談。アーティスト活動にも、脳にも無理なく働けるようなかたちでサポートしていただけることになった。素敵な人でした。

いつからかはまだわからないけれど、働くことで社会復帰へのリハビリが始められそうだ。治療費を稼ぐためにも頑張らないとね。

2012
03.02

ひどい頭痛で、一日中寝ていた。

脳に力が入らない。

2012
03.03

ちょっと脳が動きだしたかな。

景色がぼやけている。

2012
03.04

やっと、脳が動き出した。

少しずつ身体を動かしていく。

描きかけの絵を一枚完成させた。

満月の青富士。

純恵の日記

2012
03.02
03.03

あまりの心の苦しさをパパにぶつけたら、パパは逆ギレして大暴れした。キッチンが壊れた。

翌朝、少しゆっくりしたかったので、パパに起きてほしいと頼んだけれど、起きてこない。何度も呼んだけれど、起きてこない。しびれを切らせて、呼びに行った。

「私だって休みたい」と怒ったら、逆ギレ。

今日はリモコンが壊れた。

いったいどうなっているの?

私は休めないの?

誰か助けて下さい。色んなところが出血したり、化膿（かのう）している。休みたい…。

2012
03.08

一日絵を描いた。
絵が描きたくて仕方がない。いつまででも描ける。
気がつけば、あっという間に今日も終わりに。
でも、机の上には、今日の生きた証がちゃんと
残っている。
これを見ると、安心して眠りにつける。

2012
03.09

今日も一日雨。絵を描きまくった。
奇麗な波の絵ができあがった。
また個展がやりたくなってきた。

2012
03.14

川崎にあるお寺へライブの下見に行く。事故の前
にも何かやりましょうという話をしていたらしい。
素敵なお寺だし、住職の人柄も良かったので即決
した。
三年越しで、やっと約束を果たせる。そう思うと
すごく気が楽になった。なんだろうこの感覚。肩
の荷が一つ降りたような。
事故で果たせなかった約束に対して、
僕自身が責任を感じている現れだな。
また一つ前に進める。行って良かった。

2012
03.23

義父のお見舞い。
最近、認知症が進んだみたいだ。何度も同じこと

を繰り返し言っている。僕が義父に思うように、
みんなに思われているのかな。
事故当初は、こんな感じだったのかな？
それとも今でもか？
義父に会うと、色々考えてしまう。
最近会う人々に、選ばれた人だとか、事故ですご
い才能を手に入れたとか、すごい精神力だねとか
言われるけれど、本当はそうじゃない。毎日がむ
しゃらに生きているだけ。
未来も、過去もわからず、闇雲（やみくも）にずっと迷走して
いる。だからそんなことを言われると、ドキッと
する。本当は、そんな人間じゃない、そんなモノ
何一つ持ち合わせていない自分のことを、僕は
知っている。だから、頑張んなきゃって思う。
みんなの期待に応えられるように
頑張んなきゃって、
今日も自分に言っている僕がいる。

2012
03.24

午後から、マブ＆モッチーとミーティング。ス
クールの内容を詰めていく。
まずは二人に、いいアシスタントになってもらう
ことが必須だと思う。そのために、今日は二人に
レッスン。
お腹から、吹くこと。そして、その呼吸の波に乗っ
ていくこと。
その楽しさを感じてもらいたいと思う。

2012
03.25

今日も、引き続きスクールのミーティング。
色々な事態を想定して、言葉を引き出していく。
情報を一つ公開するのにも、新しい企画なのでみ
んなでベストの道を探っていく。

2012
03.27

身体が動かない。何もしたくない。脳が騒がしい。

こんなことの繰り返し。


これが現実。


景色がぼやけて見える。

霧の向こう側、ここは何処ですか？

すべてから解放されたい。

でも、できない。怖い。苦しい。


これが現実。

2012
04.04

今日は家でヨガ。その後一日中演奏の練習。

毎日吹いているけれど、今日は口が以前よりもよく動くようになってきたように感じた。

その感覚を忘れないように、吹きまくった。身体に馴染ませること。今の僕に一番大切なこと。

脳の不思議と向き合うために、見いだした道。

練習あるのみ。

狛江の会場に下見に行って、スクールの会場として申し込んできた。着実にプロジェクトがあちらこちらで動き出している。すべてが繋がって一つになっていきますように。

シンプルになっても
生きていけることを証明したい。

2012
04.09

暖かい。気温二十度。

身体がスムーズに動きやすい。痛みが和らいでいく。新しい一歩を踏み出せそうな気がしてきた。

家にいて、絵ばかり描いていても何も始まらない。

とにかく外へ出てみるか。何が起こっても、受け入れる。失った思い出は、もう戻らない。

何度もそう言い聞かせているのだけれど、やっぱりみんなに迷惑掛けてしまわないか恐い。

この葛藤も、早二年半。

もうええやろ。

どこまで自分を追い込めばいいのですか？

神さま、もう僕は外に出て行こうかと思います。

何か楽しそうなことが起こりそうな気がするから。

2012
04.13

ユザーンと青山のカフェでミーティングをした。

六月から始めるイベントにゲストで来ていただくのである。本番前に一度スタジオに入ってリハーサルをすることが決まった。

事故前から付き合いはあったけれど、音を一緒に出すのはこれが初めてとのこと。すごく楽しみ。


Twitterがすごく面白いらしいので、今度覗（のぞ）いてみよう。

2012
04.16

今日から、A会社で少し働かせてもらえるようになった。少しでも治療費を稼ぎたいと話したら快く承諾していただけたのだった。

リハビリ、アーティスト活動の合間に好きな時間で働かせてもらえるなんて恵まれているなって思う。応援してくれているみんなに、頑張って貢献できる人間になりたい。

2012
04.20

朝から、妻と今後どうやって計画を立てて動いていくかをミーティングした。こんなの初めて。

この先どうやって、何を軸に運営を成り立たせていくか？

僕は、講演会みたいなことをやってみたいという漠然としたアイデア。

妻は、家で作れる一点もののTシャツを作ってみたいとのこと。直接僕が描いたものを貼り付けるアイデア。

僕は、具体的に話したい内容をまとめていく作業に掛かる。やり出すと色々出てくる出てくる。

これは、必ずやらないとダメだな。

前向き（ポジティブ）であり続けること。

脳の不思議。

信じる力。

人との繋がり。

どんなタイトルがいいのかな？　浮かんだら書き留めていこう。

2012
04.22

朝から、冷え込む。この時期とは思えない寒さ。

娘は、同級生のお家へ。僕は、絵を描き、妻はゆっくり過ごしていた。

妻がゆっくりしている姿を、ここ最近見かけたことがなかったので、なんだかほっとした。早くゆっくりさせてあげたいなー。

今まで、僕がやっていたこともすべてやっているんだもんな。申し訳ないなーって思う。

考えても仕方がないのはわかっているけれど、やっぱりたまに考えてしまう。

事故の前の日にでも、戻れないかなって。

いつになったら、素直にすべてを受け入れられるのかな。どうすれば、もっと楽に生きられるのかな？　誰か教えて下さい。

Run for the future

2012
04.23

雨。A会社のプレスルームへ。

十六時まで、作業のお手伝いをさせてもらった。温かく迎えてもらってありがたいです。

慣れない作業で脳がいっぱいな感じ。他の人にとっては、なんてことない作業なのかもしれないけれど。商品の細かい品番を理解するのに時間がどうしても掛かる。いいリハビリになりそう。

2012
04.24

ママの風邪がうつったみたい。頭と喉（のど）がやられている。すごくいい天気だというのに、家で療養することにした。

絵を描いて過ごした。久しぶりに絵を描いたような感覚。一枚、どこかで見た景色の絵ができあがった。この景色、どこのだっけなー？

思い出そうとするけれど出てこない。

この記憶の欠片もいつか埋まるはずだ。

2012
04.26

雨。世界に靄（もや）が掛かっている。

靄の向こうで音が流れている。

僕は、いつこの空間に入り込んだのだろうか。

2012
05.05

こどもの日。イベントのフライヤー*を届けに、渋谷へ。その途中、二子玉川（ふたこたまがわ）の高島屋でタイ料理を食べた。辛かったけど、美味しかったー。

タイで食べたタイスキのことが、頭に浮かんできて話した。話の後に、妻から聞いた言葉。

思い出してるやん！

事故後、タイのことなどチンプンカンプンな感じだったらしい。

そういえば最近、色んな景色が頭に浮かんでくる。けれど、何処の何に関係する景色なのかよくわからない。事故から二年半、少し脳の変化を最近実感している。


脳が騒がしい。


Wドクターが言っていたように、昔のことからゆっくりとシナプスが繋がるにつれて、戻ってきているのかな？

この景色を言えなかった自分が、信じられない。タイのどこだっけな？　それは、わからないけれど、鮮明に映像が浮かんでいる。不思議だ。

＊＝音楽イベントなどで配られるチラシ

2012
05.06

今日からワークショップの受付開始。

初級が多くて、中級、アドバンスが少ない。

初級はすでに定員を超えて、キャンセル待ち状態だ。このバラツキがうまく抑えられる方法を考えないとね。初めての試みなので、次回に向けて改良ポイントを探していこう。

最初からすべてがうまくいくと、必ず後に大きな壁にぶち当たる。そんなこと滅多にないしね。


一つ一つ、クリアしていきましょ。

2012
05.07

朝、久しぶりにマイソールスタジオへ。

やっぱり、忘れている。


どうなってんの？

人生色々あるよ。けれど、やるしかないよ。これをやったら、どう言われると思う? これ以上はあの人に迷惑かも。とか。なんてことを先読みし過ぎて、何もできずに終わってしまう。そんな人、この世にたくさんいるだろうけれど、この二回目の人生では、**思いっきり自分が信じる道を貫き通したい。**

そのためにも、絶対にぶれない意識と主張が必要だ。それを生み出してくれるのが、何よりも嘘をつかないこと。こそこそしないといけないことはしない。社会に貢献できることを考えること。真実に向き合うこと。

そして、何よりも信じること、愛すること。

必ず、社会に役立てる人間になりたいと思う。

2012 05.17

朝のマイソール。

午後から、ユザーンとリハーサル。

いいセッションができそうな予感。

楽しみだなー。

2012 05.22

ヨガに行くつもりだったけれど、雨で行けずにA会社のプレスルームへ。普段とは一味違う脳を活性化させる。温かく迎えてくれているみんなへ、恩返しをできる人間になりたいね。

家に帰ると慣れない作業で、疲労している自分に気づく。こんなことで疲れていたら、ダメだな。みんな毎日やっているんだもんな。反省と疲労を繰り返し喜びに到達する。明日も楽しんで生きよう!

2012
05.23

一日中絵を描いた。たまにこういう日がないとダメだ。絵にひたすら向かい合う。騒がしい脳を落ち着ける。次々に浮かんでは消えていく景色に翻弄されながら、手は動き続けている。

どこかで見たことのある景色なんだけれど、
どこの？　誰？

そうこうしているうちに舞い降りてくる。

この時間の世界に戻ってきた。今日も「パパ」って呼び声が聞こえてきた。もう夕方か。

今日の晩ご飯は何かな？　焼きうどんの香りが漂っている。

明日も只々平和な時間が過ごせますように。

2012
05.26

マブとモッチーが家に来て、スクールの準備。レンタル用ディジュリドゥのマウスピースを整えていく。

明日に向けて、資料を書き出していく。明日が楽しみで、みんなテンション高め。いよいよ始まるよー。最高にイカしたチームを作りたい。

やりますよ！

2012
05.27

スクール。

一日が慌ただしく過ぎ去った。楽しかったなー。

みんな一生懸命向き合ってくれて嬉しかった。

気持ちよさが伝わると嬉しく思う。

マブ、モッチーが良く頑張ってくれた。

ライブとはまた一味違う
達成感がある。

違う脳の場所が、動いているのを感じる。
続けていくとどんな世界が広がってくるのか楽し
みだ。記憶が消えない近いうちにスタッフミー
ティングをやろう。次への課題が見えるように。

2012
05.28

一日中頭がボーッとしていた。スクールが脳の今
までとは違うところを刺激したみたいだ。けれど、
心地よい感じもあり。
暑くなってきて夏の気配を感じる。
波の絵を描いた。
庭の雑草が伸びてきているよ。草むしりをやろう。

2012
05.29

朝、身体が動かない。ゆっくり身体に力を取り戻
すイメージを持つ。
今日は、A会社のプレスルーム。細かい文字を見
る作業に、脳がなかなかついていけない。間違え
ないことを一番に考えて、何度も見直しする。
お昼に食べた明治神宮前交差点にある建物の5F
の焼き肉屋さんのハラミランチ一〇八〇円が美味
しかった。野菜のバイキングもついて、ご飯の量
も選べるのが良かった。雰囲気も波の絵が飾られ
ていたり、いい感じだった。また行こう。
社会との接点を持つと、色々と勉強になります。
帰るといつもと違う脳を使うのか、疲労して何も
できない。けれど、いいリハビリのはず。信じて
通い続けよう。

2012
05.30

朝十時からリハーサル。

頂フェスに向けてテンション上げて行こう！　なんて気分だったけど、みんな夜型なので少し眠たそうだったかな？

しかし徐々に眠気も覚めてきて、通しリハは最高だった。

2012
06.02

頂フェス、最高のライブでした。

みんな待っていてくれて本当にありがとう！

頂クルーの温かさに感謝感激です。この人達と事故前に出会えていて本当に良かった。必ずこの状況を乗り越えて、社会に貢献できる人間になります。

2012
06.03

昨日からの興奮でなかなか眠れず、一日中ボーッとしていた。

庭の草むしりなんかしてみたり。ライブの後必ず訪れる筋肉痛が心地よい。

明日は個展の設営。頑張るぞー！

2012
06.07

少し疲れが出始めている。

会場に行って何をしている訳でもないのにね。ただお客さんとお話しするだけなのに。こんなことじゃ本格復帰はまだ遠いよ。

ジムに行かなくなってから、どうも調子がおかしい気がする。思っている以上に、身体の感覚優先で生きているのがわかったよ。

もっと本能的に、もっと動物的に感覚を信じて動いていいんじゃないの
って思う今日この頃。まだまだやれることはたくさんあるはず。頑張れ！

2012
06.10

Meetsイベント開催日。ユザーンとのライブ、最高でした。すごく楽しいステージだった。

このノリを、Meetsイベントでは出していきたい。笑いあり、感動もあり、ダンスもあり。そして絵もあり。

新しい出会いに、そして再会に、感謝しながら生きている状況をありのままだせれば最高だ。

毎回ながら家族やスタッフのみんなに感謝。みんながいるから、僕は活動ができている。生かされている。本当にみんなありがとう。

2012
06.12

朝のマイソールクラスからスタート。

その後A会社のプレスルームへ。

今日も細かい文字との戦い。脳の普段使っていない部位が、動いている感じ。すごいリハビリになっていそうだ。月に二、三回しか行けないけれど、何とか続けていきたい。

やっぱり朝ヨガに行くと、眠くなるのが早いなー。いい感じ。

2012
06.13

何もする気が起こらない。こんな日がまた訪れた。

こんな時は無理をせずに、脳を同調する。すると徐々に、神経が繋がっていく。

そして夕方に夕陽を観ながらのランニング。最高

だ。多摩川沿いに住んでいて良かったなって思える瞬間。今日も奇麗だったよ。

ランニングから戻ると、妻がもやしと豚肉の蒸した料理を作ってくれていた。なんだか泣けた。

2012
06.21

朝のマイソール。その後雑誌の取材。

ランニングとヨガについてのインタビュー。編集者さんと、ドトールでバッタリ遭遇して実現した企画。

何か縁があるんだなーと思う。

事故以来、続けてきたリハビリの一環がこうして記事に繋がっていくなんて考えてもなかったよ。

何でも信じて取り組んで、
持続することができれば
社会に繋がっていくのかもしれない。

そのうち答えが見えてきそうな気がする。

今は何より脳の再生に全力を注ぎたい。

今それをやらないと、十年後、二十年後に後悔しそうな気がする。

この直感を信じて頑張ろう！

2012
06.24

マブ、モッチーとスクールのミーティング。前回の反省点も含め、改善点を列挙していく。僕の慣れが必要だなと痛感。

時間内に、考えたプログラムをすべてこなせるようにならないとね。前回は、一つ一つに時間を掛け過ぎていたみたい。次のミーティングで、実際にやってみよう。

どこまで人を育てられるのか楽しみになってきたね。

スクール。終始いい感じだったと思う。同じステージでも、ライブとは全く違うチャンネルを使っている感じ。面白いなー。みんなで同じことを一生懸命やるって面白い。思っていたよりもこういう世界に僕は向いているのかもなー。

2012 07.08

僕の持っている価値観や技術を次の世代に残して新たな記憶になってくれることを願う。

みんなの記憶に、自分の残像が見えるようになったら最高だね。

2012 07.09

昨日の疲労で、いつものように身体がうまく動かせない。ゆっくりエンジンを掛けていく。

この感じ、どういう脳の状態なんだろうか？けれど、なんだか最近わかってきた。何が？うまく言えないんだけれど、脳のエネルギーが潤滑に廻(まわ)っていないようなこの感じ。どう伝えれば、いいんだろうか？もう少し時間かかるかね。焦らずに生きよう。必ず良くなるよ。必ずね。

2012 07.19

朝から新宿で映画のミーティング。松江監督、高根プロデューサー、配給担当の直井さん。フライヤー一枚について、熱い答弁が繰り広げられる。この人達マジやなーって思った。俺ももっと頑張らなあかんなって思ったよ。事故のせいにしてたらあかん。やれること全力でやらなあかん。身体が動かへん時は、しゃーないけど…。

それでもやらなあかんねん。

みんな応援してくれてるやろ。気持ちに応えなあかんよ。たまに息抜きもやりながら、うまいこと、バランス取りながらね。

夕方、バンドのリハーサル。新曲を少しチャレンジしてみた。毎日聞き続けてきた成果が出てきているような感触。

いけるわ、絶対できる!

確実に進化してきている脳を感じられた時間やった。

2012
07.21

明日のライブの準備。リハーサルも順調。気持ちよく吹けた。

絵を描きたくなる今日この頃。脳がうずうずしているね。これをほっとくとやばいよ。あかんタイプのざわめきやと思う。最近忙し過ぎて、絵が全然描けてないやん。原因は、それちゃうかな?

2012
07.24

午後から静岡テレビの収録。静岡の個展に向けて、ドキュメントを作っていただけることになった。

頭に浮かぶ絵のモチーフは、静岡に有るものが多い気がする。

富士山、海、緑。なんか縁が有るのかな?

個展前の最後の一枚を描いている。もう少しで完成だ。

梅雨の夕暮れ。どんな放送になるのか楽しみだ。

2012
07.25

静岡に向けて出発! 行ってきます。

満月の富士

2012 08.27

あまりの慌ただしさに日記がほとんど書けなかった。

コンピューターを持っていくのを忘れたので、紙に日記メモを書いていたんだけど、その紙をなくしてしまった。どこに行ったんだろう？

慣れないことをするとダメだな。ついさっきまであったような気がしているんだけどなぁ。間違えて捨ててしまったのかな？

写真とiPhoneメモがあるから、それで回想、推測するか。

静岡の個展から、ライジング・サン・ロックフェスティバルのライブをへて北海道の個展。夏の北海道は涼しくて最高だった。毎年行きたい気分。

この一か月色々あったよ。

静岡、北海道ともに、ザ・ノース・フェイスのクルーには本当に助けられたよ。感謝だね。

みんなに恩返しできるような人間に早くなりたい。

2012 08.28

最近頭が真っ白な感じがすると思っていたら、三日前に倒れて救急車で運ばれたらしい。

痙攣（けいれん）して、しばらく呼吸も止まっていたらしい。

恐い。話を聞いていたら恐くなってきた。

死ぬのかな？

まだ死にたくないよ！

お医者さんの話では脳外傷後によく起こる事例らしい。

誰か助けて！

ここから僕を連れ出して！

恐いよ！

純恵の日記

2012
08.25

パパが嘘をついた。

どうでもいい嘘。子どもみたいな嘘。

けれど、すごくショックで、パパを責める。私の中にあるパパを責める言葉をたくさん言った。

すると、痙攣して、目が上をむいて、腕を曲げて、指を立てて、舌を巻いて、腕が嘘のようにガクガク震えだした。意識がない。いくら呼んでも返事をしない。目も合わない。

怖くなって、マネージャーの小川さんとソネッチに電話をした。大ちゃんとまきちゃんに家にきてもらった。病院に電話をしたら、痙攣して呼びかけに反応がないなら、救急車を今すぐ呼んで下さいと言われる。

救急車が五分で到着。少しだけ意識が回復してきたけれど、搬送され病院で検査をした。すると、新しい何かが原因で痙攣を起こした訳ではない、おそらく交通事故の後遺症だと言われた。発作が一回だけだと、てんかんとは言わないけれど、恐らく、てんかん発作だみたいなことを言われた。

一晩入院して、翌日神経内科医がきて薬を勧める。この人はハッキリと、てんかんという言葉を連発して使っていた。

今まで怒りが大爆発したあとは、必ず症状が悪く戻ってしまっていたことが数回あったけれど、それも小さなてんかんが起こっていたんだと言われた。

退院して、夜までずーっと寝る。

2012
09.04

朝のヨガ。帰宅後は、ずっと絵を描いていた。

気がつくと夜。あっという間に、眠りにつく時間。

早いなー。

もっと一日が長ければいいのに。

2012
09.05

ジャングルオーケストラのリハーサル。

何年振り？　もはやわからない。

どうでもいいか、そんなことは。

家にあったライブ録音を聞き返し、準備をしてきた。みんなも前もって準備してくれていたようでやり易かった。後は、僕がしっかりと身体に叩き込むまでやること。楽しみだなー。

いつか録音できたらいいな。

2012
09.06

スペースシャワーネットワークの広報担当の森岡さんと顔合わせ。映画関連すべてのプレス窓口になる模様。いい人そうで良かった。

直井さん、高根プロデューサーも含め、東京国際映画祭のコンペ作品に選ばれたことでテンションみんな高めな感じがした。何かが形になっていくこの段階のエネルギーって素晴らしい。その場にいるだけで自然と元気になっていく。これからが楽しみだ。

九月二十日に情報解禁なので、それまでは人に言わないように！　忘れないように気をつけよう！

2012
09.07

ジャングルオーケストラのリハーサル。

事故前の遺作たちを、みんなの協力の下に紐解いていく。どうやって創ったかわからないが、一音一音積み重ねて僕がコンピューターで構築していったらしい。すごい緻密に練られている。よくこんなのを創っていたなって我ながら感激。この曲達をデモにまたセルフリメイクしていく。来年一年くらい掛けて、何とか形にしたいなー。頑張って覚えよ。できるよ、必ず。前できていたんだから！

信じることから始めよう。

2012
09.10

一日中絵を描いた。最近脳が変な感じ。どう表現していいかわからない。なんかフラフラしているというか。味覚もあまり感じてないような気がするのは気のせいかな？

純恵の日記

2012
09.11

てんかん発作が起きてから、夜もあまり眠れなくなっているみたい…。眠れないからか、最近あまり元気がない。ずーっと絵を描いている。

最近、ずっと不機嫌なので問いただすと、青森に行った時にお客さんに、「あの人、記憶喪失でぶっ飛んでいる」と言われたと話した。しかし、パパはなぜか私に対して怒っていた。パパの言い方に納得がいかず、私は文句を言っていた。

するとパパが気を失った。

また発作だ…。

2012 09.13

いったい何が起こっているの？

あっという間に三日も過ぎている。

異次元の流れで動いている。

コマ送りの世界。

何日か前にまたぶっ倒れて、意識が吹っ飛んだらしい。やっちまったなー。しばらくこの世界の中で過ごす覚悟をしたほうが良さそうだよ。

2012 09.17

スクールのミーティング。スクールのことを考えている時、脳の違う部分が動いている気がする。

自分の演奏を、自分で言葉に置き換える作業。普段はそんなことしないもんね。

脳の疲労感がなんか違う。

2012 09.25

「旅のチカラ」の番組打ち合わせ。NHKからもOKがでたらしく、オーストラリアに行けることになりそうだよ。後は、どこに行って何をするか、時間枠を決めていく。事故前の記憶を確かめにアーネムランド、ダーウィン。事故後始めた絵を未来へと繋ぐためにアリススプリングスへ。

過去の自分にさよならを言いに行く旅になりそうな気がしている。事故から最近までの三年間、ずっと事故前の自分の残像を追いかけていた。前の自分ができていたことは、もう一回できるようになりたい、必ずできるはずだって。

2012 10.03

朝、海に向かった。台風のウネリが届いていた。

楽しかったー。

その後、NHKの撮影。自宅で絵を描いたり、話したり、普段の風景を撮影。

次の撮影は、オーストラリアロケ。楽しみだなー。

随分変わっているだろうな。ワクワクしてきた。

2012
10.11

朝七時にプロデューサーが、タクシーでpick upに来て下さった。そのまま成田空港へ。

久しぶりの成田空港は、活気に満ち溢れていたよ。

羽田空港とは違う、ワクワクするエネルギーがいっぱい。懐かしいなぁー。

またこうして仲間と一緒に海外へ行ける日がくるなんてね。最高だ！　もう海外へ行くなんて無理かもってどっかで思っていたから。事故から三年、一つの到達点。いい旅にしたいと思う。

2012
10.12

ダーウィンで、ビル&キムジュリー夫婦と再会。

僕が働かせてもらっていたディジュリドゥ屋さんのオーナー。元気そうで嬉しかった。

残念ながら、今はもうお店はなかった。

僕の記憶のダーウィンの街並みは、もうそこにはなかった。たくさんあったディジュリドゥ屋さんも全部なくなっていた。寂しかった。

当時の僕のことをビル&キムジュリーはこう語ってくれた。日本人は基本的に早吹きの人が多いけれど、GOMAは違っていた。トラッド、ルーツを学ぶことでスタイルを作っていっていたって。

過去の自分の頑張っていた話を聞けて嬉しかった。ロクでもない奴だったって言われたら、相当へこむよね。どんな思いでダーウィンでの生活を楽しんでいたのか少し垣間見られた気がする。

夕方ミンディルビーチへ。やはり周りに高層マンションが建ち、少しイメージが変わった感が否めない。そこで、MARK EMDEEという人物に再会した。マークは僕のことをよく覚えてくれていたが、僕は彼が何者なのかいまいち思い出せなかった。ミンディルビーチマーケットでのバスキング仲間だったとのこと。僕はいつもアボリジニの人達とつるんでやっていたらしい。伝統奏法のテクニックでオリジナルの曲を演奏していたとマークは言っていた。

ビルの話といい、マークの話といい、僕はトラディショナルなカルチャーに相当関心を持っていたんだと思う。マークのこともいつか思い出したりするのだろうか？　僕は覚えていなくとも、相手は僕のことをよく知っている。

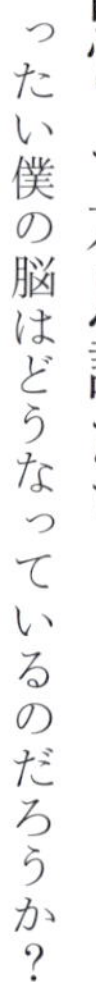
記憶って不思議だなー。

いったい僕の脳はどうなっているのだろうか？

2012
10.14

朝一でBUSHへイダキカッティング。ジャルー、ドピア、ダンガル、セルダというメンツだ。BUSHにどんどん入っていく。色んな感覚がよみがえってくる。なかなか、いい抜けのストリンギーバーク[*1]が見つからず、二か所目に移動。すると間もなくマニマック[*2]な木が見つかった。久しぶりにオノを振り上げたよ。ノコギリも久しぶりに引いたよ。懐かしい感覚が湧(わ)き起こるのを感じたよ。

身体の記憶ってすごいなぁ。やってみるとできちゃうんだな。諦(あきら)めかけていたことも、今再びチャレンジするとできるかもよ。確実にシナプスの進化を体感している。

コカトゥー[*3]の鳴き声が、宿の周りにたくさん聞こえる。そうだ、ここはオーストラリアだ！

諦めていたけれど、また来れるようになったね！

事故前の自分に少し近づけた気がした。

＊1＝ユーカリの木の一種　＊2＝ヨルング語で「最高」
＊3＝鳥のオウムの一種

2012
10.16

アリススプリングス、暑いー。北部とは一味違う暑さ。けれど、からっとしているね。湿度がない。ムバンチュアギャラリーを訪ねる。事故前も来たことがあるらしく、ギャラリーで十年働いている方と再会。しかし、全く思い出せず。絵を見ながら浮かんでくる疑問を聞いてみた。

ドットアートの歴史は浅い。一九七一年にイギリス人の先生が、アボリジニの人達が砂に描く絵を見て、キャンバスに描かせたら素敵なんじゃないかと思い、勧めたらしい。

その絵にはアボリジニの方々の大切なモノの場所や言い伝えが描かれていた。その情報が外に漏（も）れるのを嫌うアボリジニが現れ、すべてを描くことを敬遠するようになっていった。

やがて、描きにくい部分をドットで表現するようになっていったとのこと。ドットには、人に知られたくない秘密が当初隠されていたんだね。それが時を経て、様々なスタイルを生みだしていったんだね。

なんで僕は点で絵を描き始めたのか、いまだに答えは見つからないけれど、事故によって素敵なモノに出会わせてもらったことは確かだね。新しい扉、思い切って開けてみようよ！　すごく魅（ひ）かれているこの気持ち、間違いないと思うよ。

2012 10.18

昼からラストの撮影に挑む。スペンサーギャップという場所。素敵な、かっこいい場所だった。

一吹きして、今回の旅のすべてを出してみた。

フライト移動が多くて、バタバタしていたけれど、すごく充実した時間だったよ。まだまだ過去のわからないことや、できなくなってしまっていることはたくさんあるけれど、ここオーストラリアでも、確かに僕は存在していた。再会したみんなの記憶には、今でも鮮明に僕は存在していたし、僕の記憶代わりに色々なことを話して教えてくれた。


みんなの記憶に残る人生を送ろうよ！

今この瞬間がすべて。


僕のために流してくれた涙、絶対に忘れない。

さぁ、今日も上げていこ！　Big Smile！

2012
10.20

東京国際映画祭の開幕式。

グリーンカーペットを歩かせていただきました。

松江監督、高根プロデューサー、マネージャーの小川さんと僕達家族。

家族でカーペットを歩かせていただけるなんて幸せ者だと思う。一層頑張らないとダメだなと思った。

支えてくださっているファンやスタッフのためにも、
いいライブして、いい絵を描いて、
いい講演をして、たくさんの方々に元気を送りたい。

しかし、味わったことのない緊張だった。

普段ステージに出る時は、楽器があってステージで演奏する。人前で二十分ひたすら歩くってなかなか味わえないシュールな感じだった。

夜の晩餐会(ばんさんかい)もすごかった。政治家のスピーチが目の前で繰り広げられる景色に圧倒された。

食事もおいしかったよ。どれも食べたことないような味ばかりだった。

現実離れした一日を過ごさせていただきました。

ありがとうございました。

2012
10.21

いよいよ「フラッシュバックメモリーズ3D」上映日。六本木ヒルズTOHOシネマズスクリーン2、チケットは完売。上映前に、僕と松江監督で舞台挨拶。フォトセッションを経て、上映開始。得体の知れない緊張。

3Dの効果がすごい。ディジュリドゥが飛び出して見える。**音の立体感もすごい！**

こんないい音で自分のディジュリドゥを聞いたのは初めてかも。みんなに会ってお礼を言いたい。あまりの衝撃に、上映が終わっても涙が止まらなかった。

最後に舞台挨拶。感情が込み上げてきて、しばらく話ができなかった。自分の人生が映画になるなんてね。本当に光栄なことだと思う。このチームの一員になれたこと、繋がれたことに本当に感謝。

高根プロデューサーが僕達を引き合わすきっかけを作ってくれた。

必ずプラスに、この映画も、僕の人生も上げていきたいと思う。

2012
10.22

朝からNHKラジオのミーティング。一時間番組のゲストに声を掛けていただいた。

オーストラリアからずっと繋がっていて、正直、身体が動きづらくなってきたね。どっかでそろそろタイミングをみてケアしないと、また大変なことになると思うよ。

久しぶりに多摩川を走った。

2012
10.24

朝、ヨガのスタジオへ久しぶりに向かった。朝陽がキレイだったー。ちょっと冬の景色かな。動きづらい身体を少しずつ動かしていく。しんどかったけれど、行けてよかった。バラバラのパーツが繋がってきた。

その後、映画祭へ向かい「風水」を観た。

最近、食欲がない。

2012
10.26

東京国際映画祭二回目の上映日。

朝からFM FUJIの収録を赤坂にあるビルのスタジオで行う。

その後、六本木ヒルズへ向かう。スンドゥブを松江監督と一緒に食べた。美味しかったー！

舞台挨拶とQ&Aは感動でうまく話ができなかったなー。

僕がもし途中で投げだして諦(あきら)めていたら、この映画はなかったんだよね。

本当に諦らめないでよかった。信じ続けてよかった。

この仲間に出会えたことが何よりの宝だ。早くみんなに恩返しができるような人間になりたい。素晴らしい映画だと思う。たくさんの人に観てもらえるようにこれからも頑張ろう。

僕が諦めた時点で、すべてが終わる。忘れないように。

2012
10.27

夜に電話が鳴った。

映画祭で観客賞に選ばれたと。

それ以来、テンション上がって眠れない。

もう夜が明けそうだ。

クロージングセレモニーでは、色んな人に声掛けて頂いて嬉しかった。
ますます がんばろうと思う。
この3年間、事故前の自分を追いかけるような事ばかりやってた。
事故で、色々できなくなった自分を受け入れる事ができなかったよね。
けど、今の自分で受け入れてくれる仲間が沢山周りに居る事に気付かせてもらったね。
応援してくれる人が、沢山居る事もね。
もう前の自分と比べるのはやめて、ありのままの自分で生きていくようにしようよ。
ついに この時が来たんだよ。
事故前の自分に さよならを言う時が。
ありがとう。記憶の僕へ
そして さようなら。

2012
10.28

朝一番でヒルズへ
授賞式。
緊張が、眠さとまざって　いい感じにほぐれている。
こんな国際的な映画祭で賞を頂けるなんてね。
一生の宝だね。
今まで事故をひたすら、うらんでいたけど、
この仲間に出会えたのって、考えてみたら事故
があったから？じゃないのかな……
絵を描き出したのもそう。
事故から今日まで、今だにどうやって生きて
きたのかよくわからないけど、いい仲間に
今、囲まれている自分がいる。
ほんとうにあきらめないでよかった。

この3年間のごほうびを神さまがくださった
のかもね。

みんなに元気を送れる人間になろうよ。
居るだけで、みんなをハッピーにできような。

ひかり 2013

2012
10.29

晴天なり。気持ちいい！

多摩川ラン、最高だった。素敵な夕陽に満月も。

家の掃除。

また明日からハードスケジュールみたい。備えよう。吹きまくった一日。

2012
10.30

朝、ＮＨＫラジオ「すっぴん！」の生放送。

終わってから放送日を聞いたら、生放送でしたと笑われた。ちゃんと話できていたでしょうか？

その後、スタジオでユザーンとリハーサル。

前に一回演った演奏を聞き返しながら、身体の記憶を呼び起こしていく。まだ不安が残るので、明日もう一日リハーサルすることにした。

2012
10.31

スタジオでユザーンとリハーサル。駅から歩いて向かった。迷いながらだったけれど、無事にスタジオ到着。

以前に一度演ったライブの音源を聞き返しながら一つずつ組み上げていく。しかし、思ったようにうまくできなかったから、明日もう一回スタジオに入ることになったんだ。

2012
11.01

大学の学園祭でライブ。

朝九時過ぎに会場入りしてリハーサル。

陽が落ちていざ本番。

ステージへ上がると全く回線がリハーサルと違うことになっていることに気づく。一度ステージから降りて、待機。OKが出てもう一度ステージへ。仕切りめちゃくちゃ、モニターぐちゃぐちゃで、何やっているかラストまで把握できず。伝えても伝わらない。悔しかった。来て下さったみんなに申し訳ない。支えてくれているみんなに申し訳ない。ゴメン。

普段のスタッフの実力を再確認できた貴重な一日。ユザーンにも申し訳なく思う。

外音*のエンジニアをウッチーがやってくれていたので、それだけが頼りだったよ。いくら準備を頑張って向かっても、音響PA、モニターさんが頑張ってくれなかったら、全く意味がなくなってしまう。ミュージシャンを生かすも殺すもエンジニアの腕次第。

改めて、自分の環境、スタッフに感謝。

*＝お客さんが（客席側で）聴く音

2012 11.06

ヨガ、ランニング、絵、マンダプル*。充実した一日。

寒くなってきたからか、ヒザが痛い。ランニングの途中から左が変な感じ。ヤダヤダ。またつらい季節が始まるのか…身体を動かして、備えていこう！

*＝ディジュリドゥの別称

2012 11.07

朝から狛江消防署へ。救急搬送された時の記録の開示申請へ行った。

痙攣でぶっ倒れたらしい。

脳損傷後によくある例らしい。

2012 11.08

バンドのリハーサル。二週間後のワンマンに向けて、高めていく。

何点か気になるところがあった気がする。明日から録音を聞き直して吹きまくる。

絶対、大丈夫だよ。必ず成功させてやる。

2012 11.09

身体の痛みが限界で、整体へ。身体がほぐれて、急に絵が描きたくなったので、ずっと絵を描いていた。なんだか赤い気分。赤い色の世界を描きたくなる。今日は暖かいなぁー。

夕方のランニングも陽が落ちるのが早くなってきたので、時間、早めに出発しよう。

明日はスクール。随分久しぶりな気分。頑張ってみんなの顔を覚えていこう!

2012 11.12

午前四時。赤い花の絵が完成した。きれいだなぁ。

いつもできあがるまで、どんな絵が表れるのか自分でもわからない。不思議だよなぁー。

最近自分は空っぽだと思う。

記憶や感覚の引き出しを周りの人や環境、音が開けてくれているんだなと思う。何かが、僕の脳の何かに引っ掛かって、扉を開けてくれているんだと思う。香の時、味の時、色の時もあるよね。

バンドの音を聞くと、自分の記憶の扉が開くんだ。

今の僕は何も持っていない。みんなが僕の感性の記憶を引っ張り出してくれている。

人によって、場所によって、

環境によって、色んな自分が引っ張り出されているような気が。どうなってんだろう?

しかし、引っ張り出してもらえているということは、記憶の何かに反応しているということだから、そこに僕の生きてきた証があるということか?

常にオープンでいないとダメだね。すぐに引っ張り出してもらえるように。オープンハートで生きれば。

なんとかなるか? なるはずだ!

しかし、どんな自分が出てくるかわからないのはちょっと不安だね。けれど、それも楽しんじゃえ!

生きているよ!

2012
11.13

今日からしばらく日記を書くことをやめてみようと思う。書かなかったらどうなるんだろうか?

少しずつ記憶する力が回復してきている気がするし、なんとか生きて行けるのではなかろうか?

と思う。

しばしの間、さようなら…

これを読んでいる未来の僕は、チャレンジすることを忘れていないだろうか?

失敗を恐れるのは、未来を恐れているのと同じ。

失敗したことのない人は、チャレンジもしたことのない人。

楽しんでいる自分がいる時、その瞬間を信じろ!

2012
11.23

久しぶりの日記。

やはりまだ書き記して生きないとダメみたい。最近、何をしてどうやって生きていたのか、よく思い出せない。過去の空白が不安に繋がっていく。不必要な苦労を、今は減らして生きること。

この日記が僕の外付けの記憶装置なんだと再確認。

しかし、裏を返せばこれさえ書いておけば、失った脳の機能をカバーできるということか。考え方次第で、気分が前向きになるこの方程式。素晴らしい。

今日は、映画の公開記念ワンマンライブを３Ｄ撮影した渋谷ＷＷＷで行った。すごくいい時間だった。温かい。みんなに守られている。生かしてもらっている。つくづくそう感じた。

僕の活動で、みんなの心も生活も、もっと潤う（うるお）状況にできないだろうか。

三年間で一曲も新曲を覚えられていない、創れていない状況はどうなんだろう。来年のバンド活動の目標は新曲を完成させることだね。

「フラッシュバックメモリーズ」もいよいよ動き出し、来年一月十九日から本公開されていくことが決まった。やるしかないね！　必ずやってみようぜ！

第5章　今を生きる

2012.11.24～

広がる世界

二〇一二年十一月二十四日、再び手書きからコンピューターで日記をつけ始めました。それから三年半以上の月日が流れた今でも、毎日のように日記を書いて、記憶の「外部装置」としています。日記は明日の自分が少しでも元気に生きられるように、自分自身にむけて書いていましたが、映画「フラッシュバックメモリーズ3D」で多くの人に読んでもらい、みんなにも共通するモノがあるということを知りました。

映画は東京国際映画祭で観客賞を受賞して以来、全国で上映され、三万人以上の方に観ていただいています。日本だけでなく海外からもいまだにオファーが続いているのは、とても嬉しいことです。この映画で僕の人生は大きく変わりました。すべてを曝(さら)けだす覚悟を決めて挑(いど)みましたが、障害を抱えているという事実が広まることに不安を覚えたり、人とのコミュニケーションのなかで障害と共に生きることの難しさにたくさん気づかされました。けれど上映会やトークショウ、インタビューなどで外へ連れ出してもらい、多くの人に出会えたことは社会復帰にむけた一番のリハビリになったと思っています。

映画が盛り上がりをみせるなか、新たな挑戦を始めました。二〇一三年十一月、GOMA & The Jungle Rhythm Sectionの生演奏と3D映像とをシンクロさせて映画を再現する「フラッシュバックメモリーズ4D」ライブを開催。半年もの時間をかけてリハーサルを行い、本番は感覚を研(と)ぎ澄(す)まし、映像とリンクした演奏ができました。それまでの僕にはなかった新たな世界が広がりました。

そして二〇一四年には、移動式3Dシステムを構築し、全国の劇場やカフェで映画の上映会を始めました。全国どこにいてもこの映画を観て楽しめるようにしたかったし、同じ症状を抱えながら社会復帰している人に会って、その人の話を聞きたかった。蘇生機能など医療技術の発展によって致命傷だった傷がそうではなくなり、その結果、後遺症を抱えて生きることになった僕たちのような新人類が増え続けています。現在、高次脳機能障害の当事者約四十二万人、家族も数えると百万人を超えるエネルギー。僕自身が映画と一体となって、その方々に当事者体験から出てきた「生きるアイデア」を社会に提案していきたいと考えています。

新たな出会いを与えてくれた、松江監督、高根プロデューサーをはじめ、映画に携わってくださった方々には只々感謝しかありません。

ディジュリドゥの夢

音楽活動は再開しましたが、ミュージシャンとしての葛藤が絶えずあります。なぜなら音楽のフレーズや曲の構成を脳で覚えることができません。だから身体の記憶に変換されるまで、とにかく数をこなします。事故に遭うまでの僕は、脳で覚えて、コンピューターで作曲していましたが、今はそれができない。けれど強くなった視覚的な記憶を頼りに、フィジカルに身体から出てくる音楽——僕は今、身体の感覚で演奏しています。だからこそ新しい音楽が生まれる可能性を秘めていると、今は解釈しています。海辺で聞く波音のように、自然と一体化できるようなサウンドを届けていきたい。

GOMA & The Jungle Rhythm Sectionも進化を続け、二〇一四年には結成十周年を迎えました。事故に遭う前からの僕を知るメンバーは、その時のインタビューで今の僕についてこう語ってくれました。

椎野さん「白紙に戻って無垢のようだ。本能的で無心になっている」

コースケ君「昔からビジョンが見えていてそこに向かっているようだ。音楽を時間の感覚でとらえなくなり、よりピュアになった」

ケンタ君「いい意味でソリストである。今までは荒い波のようだった音が、粒子の細かい波のような音になり解像度が増した」

僕はステージ上の出来事をほとんど覚えていません。脳が極度に緊張するからでしょうか。だから毎回フレッシュな気持ちで挑むことができます。本番までに身体の記憶に落とし込めてさえいれば、後はビートを聞くだけで身体が自然と演奏をはじめてくれます。

二〇一五年四月のワンマンライブで、五年ぶりに新曲を披露できました。このことはバンドにとっても僕にとっても、とても大きな進歩でした。これからも音楽の魔法を信じ、救われた人間の一人として、音楽でみんなをハッピーにしていきたいです。

記憶の欠片たち

絵はフラッシュバックしている時に描いていますが、今では四〇〇点を超えるほどになりました。描かないでいると脳内の整理ができなくなり、記憶の交錯が始まってしまいます。描くときは一つひとつ色をつくり、点を並べ、自分が見ている世界に近づけていく。そうしてキャンバスが埋まっていきます。

事故に遭う前にはなかった絵の世界は、脳のざわめきを静め、不安をかき消すとともに、社会復帰のきっかけをつくってくれました。そして今でも僕を癒してくれています。

記憶の印

事故に遭ってから、僕にはあらゆる変化が起こりました。過去の日記にもあったように味覚や嗅覚が変化し、集中力が切れると感情や言動がコントロールできなくなり、左半身に力が入りづらくなります。

一番大きな変化は、記憶です。人と会話することもできるし、文字を書くこともできますが、過去の出来事や人を上手に思い出すことができず、新しい記憶を長く保つことができません。僕たちのような記憶障害と、映画やドラマに出てくる記憶喪失は別物です。「ある日突然、いろいろなことができるようになるの？」「日々の出来事すべてが記憶から抹消されてしまうの？」とよく質問されますが、そんなことはありません。あれは素晴らしい脚本家や監督が作り出したフィクションです。また、多岐にわたる高次脳機能障害の症状のなかで、キャッチーな記憶障害ばかりがクローズアップされているのも事実です。

僕が事故に遭(あ)った直後は、確かに五分、十分しか記憶が保てないこともあったようです。けれど最初の六週間は日記も書けない状態だったので何も記録が残っておらず、いまだに自分でも状況が全くわかっていません。

記憶障害の難しいところは、今日その記憶にアクセスできたとしたとしても、一週間後、一か月後、また同じようにアクセスできるかわからないということです。社会に出ると、「あの人が言っていた…」「先日のミーティングの…」など、ほとんどの会話には記憶が必要で、それがないと人とコミュニケーションをとるのは難しい。人と人とは記憶で繋がっています。だから僕は、時々どこの時間にも属していない感覚になることがあります。

そんな僕にとって音楽や絵は、社会との接点となって、コミュニケーションツールとしての役割を果たしてくれます。感覚や身体の記憶で語るほうが自信をもって会話できますが、日記や写真、映像、SNSなども活用しながら、さまざまな人とコミュニケーションできるようにチャレンジしています。一度壊れた脳は元には戻りませんが、事故の直後と比べて少しずつ記憶に残るようになってきました。人間は生きていると自己治癒力で細胞自体が進化し、壊れた細胞をカバーするように働きかけます。そしてその進化が生活のなかに見えてくると、もっとよくなりたいという欲望が湧(わ)いてくるのが、人間の摂理のようです。

ひかりを見つめて

僕が闘っているものがもう一つあります。それは突然意識を失ってしまうこと。意識だけが僕の身体から抜けて、完全に違う世界にいってしまう。気がついたら、またこちらの世界に戻ってきている。その繰り返し。こちらの世界とあちらの世界をすごい勢いで行き来し、現実の世界はどちらなのかが認識できなくなる時もあります。違う世界にいる時の記憶は全くなく、時間だけが経っています。意識が身体に戻ってきた後は脳が腫れぼったく、ボーッとします。あちらの世界は、チラチラ雪が舞っている真っ白な世界のようです。

意識を失いそうになる前は「ウォー」と得体のしれないエネルギーが体内に湧き上がってきます。そんな時はとにかくその場を離れて、絵を描こうとしてみたり、身体を休めたりして、そのエネルギーがどこかへ拡散されていくのを待つようにしています。

二〇一三年十二月、同じ障害のある当事者や家族、医療関係者にむけて、はじめて僕の経験や症状などを伝えました。たくさんの人に足を運んでいただき、嬉しい言葉もたくさんいただきました。「人の役に立てている」という感覚をここまでダイレクトに味わえたのは、それまでにありませんでした。みんなを「生きているんだ！」という方向にエネルギーを軌道修正していきたい、勇気づけたい、そしてみんなで元気になりたい。脳をけがしたり、障害をもったりすることは、生きていれば誰にでも起こりうることを知ってもらいたい。健常者と障害者の両方の感覚がわかる人間として、講演会を通じて伝え続けていきたいです。

今を生きて

事故の前日に戻りたい——今はもう考えないといったら嘘になります。恐怖の感情に包み込まれる時がありますが、考えても答えは出てきません。

高次脳機能障害——最近の僕は肯定も否定もする気がなくなりました。魂は再びこの肉体に宿り、神経が切れたこの脳で、この肉体というぬいぐるみを動かし生きていく。少し前の僕は悔やんでいましたが考えても答えはでてきません。

事故に遭ってから、絵や映画など新たな出会いがたくさんありました。最近は、悪いことばかりじゃなかったと思っています。

僕の生きる原動力である家族・純恵ちゃん、まぁちゃん、再び会えること自体に喜びを感じる友人、心の支えであるスタッフ、バンドメンバー、スクールの仲間、そして新たに出会う人たちと一緒に時間をもっと共有していきたい。できることが限られているからこそ、できることがあれば何でもやりたいし、求められる場所があればどこへでも行く。生きるために何が大切かなんて考えず、とにかく自己向上のために努力したい。ただそれだけ。

もっと脳のことを勉強して、もっと自分を知りたい。これから観たり聞いたりするモノや出来事が新しい自分の記憶になって、新生GOMAを形成していってくれると信じています。

僕の第二の人生はスタートしたばかり。僕は生きている。だから、今がある。

未来の僕へ、今日もおもいっきり楽しんでいるかい？

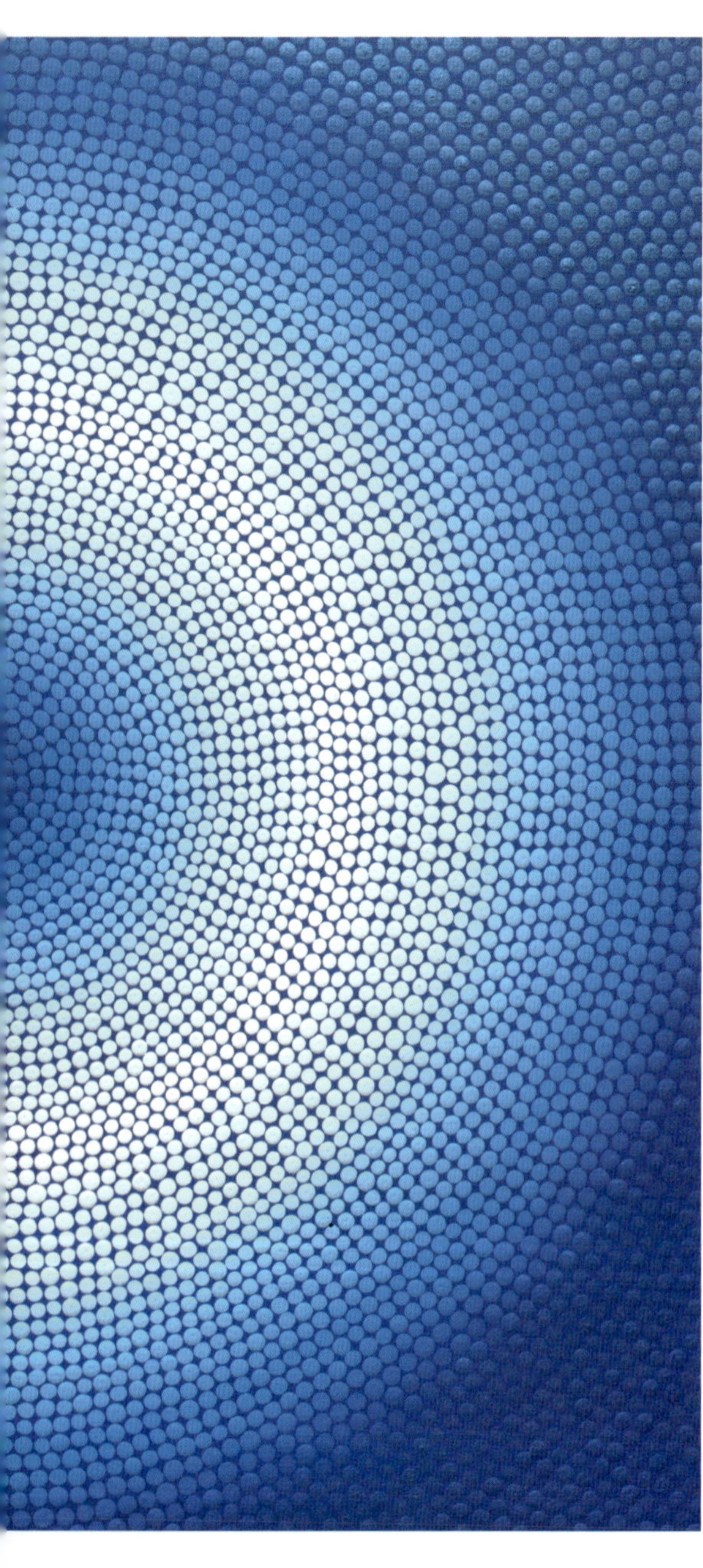

ひかり BLUE

突然起こった交通事故。

搬送された救急病院にてＭＲＩなどの画像診断で異常なしと診断されたことにより、深刻な後遺症が残っているとわかるまでに約半年もかかりました。帰宅したＧＯＭＡに対して「何かおかしい、ただのむち打ちではないはず」そんな直感だけが私を動かし、あちこちの病院に足を運び数十もの検査を受け、最終的には高次脳機能障害と診断されました。

高次脳機能障害によって本人はもちろんのこと、家族も負担を強いられます。私のように小さな子供を育てながら一人で抱えていると、追い詰められて逃げ出したくなったり、よからぬ事を考えたりと苦しいことばかりでした。

そんなある日、自分たちに何が起こっているのか知りたくて、不安な心から救われたくて、同じ障害を抱える人の本を読んでみたら、生きていくための力をもらいました。事故からの道のりの中で、初めて感じた小さなひかりでした。

いつか私たちも復帰する時が来るのなら、本を出して同じ境遇にある人の力になりたいと淡(あわ)い夢をぼんやりと抱きました。

あの日から六年半経って事故後の生活にも慣れ、私たち家族は忙しく元気に過ごしています。この本を手にした皆さんが、苦しんでいるのはあなただけではないし、仲間はここにもいるそんな風に思ってもらえたら嬉しいです。私があの時読んだ本のように誰かの心を救う存在なることを願っています。

最後に、私たち家族にかかわってくれているすべての方へ、あなたがいたから今日まで生きてこられました。人は一人では生きていけないんだと学ばせてもらった六年半でもありました。本当にありがとうございます。これからもよろしくお願いします。

二〇一六年七月
森本純恵

僕には交通事故の日から今日までのことを思い出した時に、浮かんでくるエピソードが二つあります。

一つ目は絵画展に来てくれた女性との出会いです。

その方は僕の絵を見て涙しながら「元気をもらったよ。ありがとうございました」と声をかけてくれました。事故で周りの人に助けてもらわなければ生きていけなくなっていた僕は、「こんな僕でも人の役に立てることがまだ残されているんだ」と感じて、その言葉に号泣してしまいました。

二つ目はいつものリハビリコースでのおばあさんとの出会いです。

そのおばあさんは多摩川のベンチで泣いていました。僕は一度その場を通り過ぎたのですが、どうしても気になって戻り声をかけました。

「大丈夫ですか？」

「ええ大丈夫よ。悪いところはどこもないの。年齢のせいかしらね、みんなのことを忘れていくのが悲しいの。まだ若いあなたにはわからないわよね。ごめんなさいね」

僕は少しだけおばあさんの悲しみがわかるような気がしていました。おばあさんが話してくれた悲しみは、僕が日々感じているような記憶の空虚さと似ていて、年を重ねるといずれそのことと向き合わなければならない日が来るということを教わりました。


僕は交通事故で高次脳機能障害を抱えることになって、現実から目を背け自暴自棄になっていました。嫉妬や妬みに溺れて、不平不満ばかり募る毎日でした。

けれど人との出会いの中から、自分が生かされている理由を知り、苦しんでいるのは自分だけではないということ、そしてそれらの苦しみからは自分の意思で立ち上がらなければ何も変わらないということに気がついたのです。

闇に引き込まれそうな時は、陽の当たる場所へ行くように
他人への不平不満を言う間のないほどに自分の時間に専念するように
過去にとらわれず、明日の笑顔を想像し前進する
自分を信じて全身全霊で今を突き進む

これらを意識し始めたその瞬間から、少しずつ未来が変わりはじめました。
諦めかけていたあの日から六年半の時を経て、やっと自分の居場所を見つけられたと感じています。

この本の中ですべてをさらけ出して、事故の因縁とさよならをし、二回目の人生を次のステージに持って行くことを願って、終わりとさせていただきます。
最後までお付き合いありがとうございました。

二〇一六年七月
ＧＯＭＡ

List of Works：作品一覧

page	Title	Material	Size（mm）	Year
10,11	non title	画材不明 canvas	333 × 242	2009
34,35	青いひかり	画材不明 Illustration board	1030 × 728	2010
54,55	お花畑	画材不明 Illustration board	728 × 515	2010
74,75	夏のひかり	Acrylic on Illustration board	257 × 364	2010
82,83	細胞分裂	画材不明 Illustration board	515 × 364	2010
102,103	エアーズロック	Acrylic on canvas	727 × 606	2010
110,111	海の妖精	Acrylic on Illustration board	1030 × 728	2011
118,119	記憶の景色	Acrylic on Illustration board	1030 × 728	2011
142,143	淡い海	Acrylic on Illustration board	515 × 364	2012
154,155	Blue Brain	Acrylic on Illustration board	515 × 364	2013
174,175	瞑想	Acrylic on Illustration board	1030 × 728	2012
182,183	雪	Acrylic on Illustration board	515 × 364	2013
195	Run for the future	Acrylic on Illustration board	515 × 728	2011
206,207	満月の富士	Acrylic on Illustration board	1030 × 728	2012
222,223	ひかり 2013	Acrylic on Illustration board	728 × 515	2013
238,239	ひかり BLUE	Acrylic on canvas	530 × 530	2016

出　演
GOMA & The Jungle Rhythm Section：椎野恭一、田鹿健太、辻コースケ／
森本純恵（JUNGLE MUSIC）／森本真陽路

Special Thanks
松江哲明／高根順次（SPACE SHOWER TV）／
Candle JUNE ／ SUNSHINE LOVE STEEL ORCHESTRA ／
EGO-WRAPPIN' ／ Tommy Returntables ／
小川雅比古／浅井一哲／加藤大祐（KTCN graphix）／

挿　画
GOMA

写　真
雨宮透貴（p.67，127，130，140，147，235，246）／
清水朝子（帯）／ HayachiN（p.115，130，131）／ Wataru Umeda（p.31）

本文・装幀デザイン
松田行正＋杉本聖士

編　集
今井紗代子（中央法規出版）／
堀越良子（中央法規出版）

GOMA（ゴマ）

1973年1月生まれ。大阪府出身。オーストラリア先住民族の管楽器ディジュリドゥの奏者・画家。

1998年にオーストラリアで開催されたバルンガディジュリドゥコンペティションにて準優勝を果たし、国内外で活動。2009年に交通事故に遭い、高次脳機能障害の症状により活動を休止。まもなく点描画を描き始める。2010年に初の個展「記憶展」を開催。2011年に音楽活動を再開。2012年に本人を主人公とする映画「フラッシュバックメモリーズ3D」に出演し、東京国際映画祭にて観客賞を受賞。以降、音楽や絵画、講演会など活動を広げている。

http://gomaweb.net/

失った記憶 ひかりはじめた僕の世界
高次脳機能障害と生きるディジュリドゥ奏者の軌跡

2016年8月1日　発行

著　者
GOMA

発行者
荘村明彦

発行所
中央法規出版株式会社
〒110-0016　東京都台東区台東3-29-1　中央法規ビル
営　　業　TEL03-3834-5817　FAX03-3837-8037
書店窓口　TEL03-3834-5815　FAX03-3837-8035
編　　集　TEL03-3834-5812　FAX03-3837-8032
http://www.chuohoki.co.jp/

印刷・製本
図書印刷株式会社

Published in Japan by Chuohoki Publishing Co.,Ltd.
ISBN 978-4-8058-5405-1